www.tredition.de

AF197423

Dieter Eue

12 Tage auf Rügen

Chronik einer Freundschaft

www.tredition.de

© 2021 Dieter Eue

Verlag und Druck:
tredition GmbH, Halenreie 40-44, 22359 Hamburg

ISBN
Paperback: 978-3-347-16936-4
Hardcover: 978-3-347-16937-1
e-Book: 978-3-347-16938-8

Liebe, Freundschaft, Lebenssinn – die Suche hört niemals auf.

Der erste Tag

„IN MILTZOW", wiederholte die Schaffnerin auf meine Frage. „In Miltzow müßten wir um elf Uhr vierzig ankommen. Wir haben aber Verspätung."

Ich nickte zufrieden. Sollten alle Züge der Welt an diesem Tag Verspätung haben. Es war Juli, es war Freitag, der Himmel war hoch und blau, Frieden versprach er, Verläßlichkeit versprach er und eine Freude, die wie ein Hobel über alle verbogenen Seelen fuhr.

Ich drückte meine Nase gegen die Fensterscheibe. Landschaft flog vorbei. Gelbe Lupinenfelder, roter Mohn, Straßen, an deren Ränder Bäume in stiller Eintracht standen, Wiesen, helle, fröhliche Wälder. Eine Welt, in der es kein Jüngstes Gericht gab, keinen Hass und keine Katastrophen, sondern nur jubelnde Glückseligkeit.

Bleib` stehen, bat ich die Zeit. Bleibe nur einen Moment stehen. Doch die Zeit ist ein trotziges Kind. Soll sie sich beeilen, trödelt sie, und soll sie stillstehen, rennt und tobt sie erst recht herum. Der Zug verlangsamte bereits seine Fahrt. Gleich musste ich aufstehen und zur Tür gehen. Arbeit erwartete mich in Miltzow, Michael erwartete mich in Miltzow. Ein paar hundert Herzschläge nur und die Lupinenfelder, der rote Mohn und die hellen fröhlichen Wälder verwandelten sich in armselige Kameraeinstellungen.

Miltzow. Landstraße mit alten Bäumen. Die erste Klappe.

Drei Stunden zuvor war ich am Berliner Hauptbahnhof in den Zug gestiegen. Nicht froh, nicht trüb, ein indolenter Reisender war ich, der seine Tour nur rasch hinter sich bringen wollte. Nicht einmal richtig gepackt hatte ich, hatte nach dem Aufstehen nur schnell ein paar Strümpfe und Hemden in den Rucksack geworfen, die Reise sollte etwas Fixes, Flüchtiges haben. Ich wollte es so. Elf Tage war Elizabeth mit ihrer Zofe und ihrem Kutscher August im Sommer 1904 auf Rügen unterwegs gewesen. Wir wollten schneller sein. Wir fuhren mit einem Volvo V 60 über die Insel und nicht mit einer wackligen Pferdekutsche. Vier Tage gab ich mir und Michael. Höchstens fünf.

Die Schaffnerin kehrte zurück. Sie hatte im Nachbarabteil mit Leuten geschwatzt. Alle im Zug schienen sich zu kennen, ich war der einzige Fremde.

„Wir sind gleich da", sagte sie mit so rosiger Freundlichkeit, dass mir das Herz warm wurde.

„Um wieviel sind wir denn zu spät?" fragte ich, nur um etwas zu fragen. Es tat gut, sich im Glanz dieses unschuldigen Gesichts zu sonnen.

„Zehn Minuten."

Ich sah auf die Uhr. Elizabeth musste vor einhundertfünfzehn Jahren ähnliches getan haben. Es war kurz vor zwölf, ein Freitag, Anfang Juli. Damals war der Himmel heiß gewesen, heute war er nur hoch. Aber blau war er gottlob noch immer.

Noch immer rot und einsam ist auch der Bahnhof von Miltzow, einer kleinen Station an der Strecke Berlin-Stralsund. Nur das Kiefernwäldchen fehlt. An seiner Stelle stehen heute eine Autowerkstatt und eine Baracke mit einem verwitterten Schild über dem Eingang, das den Ankommenden mitteilt, hier würde mit Landwaren gehandelt. Viel wird in Miltzow aber nicht gehandelt und angekommen. Wie zu Elizabeths Zeiten rauscht das Gros der Reisenden in ungeduldigen Schnellzügen vorbei, ohne vom Bahnhof und vom Landwarenhandel Notiz zu nehmen.

Ich sah ihn schon vom Fenster aus. Er war massiv und kräftig, hatte ein breites Gesicht und einen rapsgelben Boxerhaarschnitt, ich mochte ihn nicht. Ich mochte auch nicht, dass er mit dem Volvo auf den Bahnsteig hinaufgefahren war. Eine ganz unnötige Vorsichtsmaßnahme. In Miltzow konnte man sich nicht verfehlen. Bis auf drei Teenager, die gelangweilt auf der anderen Bahnsteigseite warteten, war er der einzige Mensch weit und breit.

Der Zug hielt mit leisem Stöhnen. Die rosige Schaffnerin öffnete die Tür und sprang hinaus. Tolles Wetter habe ich mir für den Urlaub ausgesucht, sagte sie.

Ich deutete auf meinen Rucksack und erwiderte, dass ich nur zum Arbeiten gekommen sei. Die Frau zuckte bedauernd mit den Schultern und lächelte erneut, ich lächelte zurück, von der Seite hörte ich das Knirschen von Schritten. Der Boxer war im Anmarsch.

„Ich werde bereits erwartet", meinte ich noch.

Da klappte auch schon die Waggontür, und ebenso leise wie der Zug gekommen war, fuhr er auch wieder davon. Ich drehte mich herum. Michael stand dicht hinter mir.

„Hi!" begrüßte er mich.

Sein Händedruck war übertrieben fest und übertrieben herzlich. Ich war größer als er. Es war mir ein leichtes, seinen Gruß von oben herab zu erwidern. Wie zufällig ließ ich dabei meine Blicke an seinen Schläfen entlangrutschen. Das Rapsblond war gefälscht. Der Kerl gefiel mir immer weniger. Ich musste an Tobias denken. Tobias färbte sich niemals die Haare und fuhr auch niemals mit Autos auf Bahnsteige hinauf.

Tobias war ein Kollege von mir, war beinah ein Freund. Seit drei Jahren arbeiteten wir zusammen. Kleine Filme hatten wir gedreht, für die wir nur selten eine Crew anheuern mussten. Regie, Kamera, Ton, Schnitt, wir machten alles selbst. Tobias liebte dieses intime Arbeiten. Massen, sagte er, machten nur unempfindlich und roh. Sie lenkten vom Wesentlichen ab und das Wesentliche war immer einfach und klar.

Einfach und klar sollte auch unser Elizabeth-Film werden. Keine Schnörkel, keine Verschraubtheiten, kein kulturkritisches Hosianna. Eine Geschichte wollten wir erzählen, die einzig durch ihre Schlichtheit leuchtete. Doch dann war Tobias verunglückt.

Ein Sportunfall bei einem Amateur-Radrennen. Seine Beine waren mehrfach und obendrein auch noch kompliziert gebrochen.

Richard, unser Chef, fackelte nicht lange. Der Film müsse produziert werden, sofort und auf der Stelle. Er, die Firma, alle warteten auf das Honorar, das mit dem Auftraggeber, einer Fernsehanstalt, vereinbart worden war. Er hatte immerzu von Kohle und ich immerzu von Sensibilität und künstlerischer Verantwortung geredet. Irgendwann war Richard aufgesprungen. Ich befände mich nicht in einem Diskutierklub von Deutschlandfunk Kultur, hatte er mit einem Hals gebrüllt, der einen bedrohlich violetten Farbton angenommen hatte, sondern in einem Medienunternehmen der überaus freien Marktwirtschaft.

Ich war nur ein Mitarbeiter der Amadeus Filmproduktion, mir stand es nicht zu, zu brüllen. Allein mein Hals durfte um ein paar Grade dunkler werden.

Sechs Kameramänner hatten sich auf Richards Anzeige gemeldet. Der erste, der sich vorstellte, war mittelgroß und gedrungen, hatte einen rapsgelben Boxerhaarschnitt und hieß Michael.

Ich vermied es, dem Mann ins Gesicht zu sehen. Um nicht so stumm neben ihm zu stehen, sagte ich irgendetwas von schönem Wetter und Urlaubmachen.

Der Boxer lachte. Sein Lachen war ebenso gefälscht wie sein Haar. Er griff nach meinem Rucksack. Ob er mir helfen könne, fragte er. Noch ehe ich antworten konnte, hatte er eine Hand auf meine Schulter gelegt. Ich drehte mich herum und machte einen großen Schritt. Der Mann war ein Kindskopf. Mein Rucksack war kaum größer als ein Turnbeutel. Außerdem steckten keine Bleikugeln in ihm, sondern nur ein paar Hemden und ein paar Strümpfe, und die konnte ich gut und gern allein tragen, ohne dafür Schultern wie ein Fleischhauer haben zu müssen. Ich machte noch einen Schritt. Ich brauchte Raum, ich brauchte Platz. Der Kerl war mir zu wuchtig und zu breit. Alles zerrte er an sich, jeden Blick, jede Bewegung.

„Hast du das Buch von der Arnim gelesen?"

Ich rannte auf den Volvo zu. Michael rannte hinter mir her. Ich hörte sein Atmen.

„Ähh...", stotterte er. „Ich habe nur den Anfang geschafft, `n paar Seiten."

Ich hatte nichts anderes erwartet. Michael war Sportler, und Sportler lesen wenig. Sie gehen auch wenig ins Theater oder belegen Malkurse in der Volkshochschule oder züchten Kakteen oder sammeln Briefmarken. Mit Sportlern muss man Mitleid haben und ich hatte Mitleid mit ihnen. Wenn einer Speere wirft oder Fußball spielt oder rudert oder boxt, dann bleibt nicht viel frei in so einem Kopf. Dann kann jede Faser, jede Zelle nur noch denken: Erster sein, Erster sein, Erster sein!

„Und wann liest du den Rest?"

Ich verdrehte die Augen. Vier Tage lang würde ich die Auf- und Abstiegschancen der großen deutschen Fußballvereine durchhecheln müssen. Das gleiche stand mir mit den englischen Vereinen bevor und mit den italienischen und holländischen und brasilianischen. Mein Augenverdrehen fand kein Ende.

„Heute Abend", erwiderte Michael. „Ich kam gestern einfach nicht dazu. Ich musste noch die Geräte aus der Firma holen."

Er erzählte mir eine Geschichte. Der Scheinwerferkoffer sei nicht komplett gewesen, ein Stativ habe gefehlt, und die Suche nach einem passenden Ersatz hätte ihn einen halben Tag gekostet.

Seine Stimme war immer weicher und immer bittender geworden. Ich aber blieb hart.

„Heute Abend", wies ich ihn zurecht, „müssen wir uns Putbus ansehen!"

Er senkte den Kopf wie ein Pennäler, der seine Strafe entgegennimmt. Mit gesenktem Kopf öffnete er mir auch die Tür des Volvos.

„Elizabeth hat in Putbus nicht Station gemacht, oder? Sie ist doch in Lauterbach abgestiegen."

Seine Widerrede klang wie eine Frage. Dennoch reizte sie mich. Ich holte tief Luft, ließ mich auf den Beifahrersitz fallen und schnaubte: „Lauterbach gehört zu Putbus!"

Ich schlug die Tür zu. Michael öffnete sie wieder.

„Wenn wir schon hier sind, können wir doch gleich ein paar Einstellungen vom Bahnhof mitnehmen."

Seine Stimme war weich und bittend geblieben.

„Steht im Drehplan irgendwas von Miltzow?" Ich hob meinen Blick nur bis zu seiner Kinnspitze. „Die erste Einstellung ist `ne Landstraße. Allee mit alten Bäumen! Haben wir doch hundert Mal besprochen."

Statt eine Antwort zu geben, öffnete Michael die Heckklappe des Kombis und durchwühlte den Kofferraum.

„Was suchst du denn?" fragte ich ungehalten.

Ich wollte weiter. Vier Tage hatten wir nur. Die Zeit begann bereits schwer zu werden. Hundert kleine Gewichte legte sie auf meine Brust.

„Ich bin gleich wieder da", antwortete er leichthin.

Meine Gereiztheit kümmerte ihn nicht, er schien sie nicht einmal zu bemerken. Vergnügt schwenkte er eine kleine Handkamera über seinem rapsgelben Kopf und rannte auf das alte Bahnhofsgebäude zu. Seine Schnelligkeit verwunderte mich. Niemals hätte ich diesen kurzen Armen und Beinen zugetraut, dass sie sich mit solcher Geschwindigkeit bewegen konnten. Ich bewegte mich langsamer. Als ich aus dem Auto stieg, war Michael bereits in dem staubigen Haus verschwunden.

Die Bahnhofshalle in Miltzow ist lang und schmal und so trostlos wie eine Gefängniszelle. Bis zur Decke hinauf sind die Wände mit rostroten Kacheln beklebt. Nirgendwo gibt es einen Hinweis auf Elizabeth, nirgendwo einen Fingerzeig der Vergangenheit.

Nur Gegenwart war um uns. Große rostrote Gegenwart, die nach Zigarettenasche und nach Zementstaub roch.

„Was machen Sie hier?"

Der Mann, der plötzlich breitbeinig in der Eingangstür stand, war klein und schmächtig, trug Jeans und T-Shirt und hatte so gar nichts von der olympischen Statur, die die englische Elizabeth an deutschen Bahnhofsvorstehern vor einhundertfünfzehn Jahren bewunderte.

„Die Tür stand offen", antwortete Michael entschuldigend.

Wir hatten schnell eins und eins zusammengezählt. Der Bahnhof von Miltzow war kein Bahnhof mehr, sondern eine Lagerhalle für Baumaterialien und der dünne Mann war Maurer, der ein paar Zementsäcke für eine Baustelle holte.

„Mir machen hier nur kurz `n Dreh", versuchte Michael die Zornesfalten auf der Maurerstirn zu glätten. „Wir sind vom Film."

Das entzückte Augenaufreißen, das einem solchen Satz stets folgt, blieb aus.

„Sie dürfen hier nicht rein! Das hier ist Betriebsgelände!"

Auf der Maurerstirn faltete es sich weiter.

„Ach, das wussten wir nicht", erwiderte Michael daunenweich. „Wir sind auch schon weg."

Doch als er auf den Ausgang zustürmen wollte, packte ihn der Mann am Arm.

„Was haben Sie da?" rief er mit überraschend freundlicher Stimme.

Der Maurer hatte Michaels Handkamera entdeckt und wurde plötzlich ebenso hektisch wie zutraulich. Er sei Hobbyfilmer, begann er eilig zu erzählen, und habe so ein Ding noch nie gesehen. Nicht einmal in den Fachmagazinen. Wieviel so eine Kamera koste, wollte er wissen. Michael nannte eine vierstellige Summe. Nun sausten die Augenbrauen des Maurers doch in die Höhe. Dort blieben sie auch, bis wir in den Volvo gestiegen waren. Michael startete den Motor und mit gemächlichem Tempo rollten wir in die melancholische Weite Vorpommerns hinaus.

DIE GLEWITZER FÄHRE erreichten wir nach zwanzigminütiger Fahrt. Michael hatte die ganze Zeit über geredet. Von seiner Frau, von seiner Arbeitslosigkeit, beinah ein Jahr sei er ohne Job gewesen. Er redete mit einer hohen, sich oft überschlagenden Stimme, die wie geborgt klang. Als gehörte sie zu einem ganz anderen Menschen.

Aus Höflichkeit nickte ich hin und wieder, sagte Ja und Ach, meist aber sah ich aus dem Fenster. Wieder flog Landschaft vorbei. Dieses Mal sah ich den Wiesen und Feldern ohne Neugier und ohne Regung zu. Meine Augen standen einfach nur offen. Ich dachte an Birgit, dachte an Kreta. Sie hatte Vollpension gebucht, das Zimmer mit Meerblick und TV. Ich liebe dich, hatte sie mir am Flughafen ins Ohr geflüstert. Zu jeder Mahlzeit würde sie an mich denken. Immer zum Frühstück, zum Mittagessen und zum

Abendbrot. So ein Mund kann vieles. Er kann viel reden, viel lachen, er kann auch viel lügen. Augen können das alles nicht. Sie bleiben immer gleich. Und Birgits Augen waren auf dem Flughafen immer gleich kühl und distanziert geblieben.

Weiter kam ich nicht mit meinem Grübeln, plötzlich war alles dunkel und zäh in meinem Kopf.

„Bitte nicht!" rief Michael kurz vor Stahlbrode.

Er hatte für einen Moment das Lenkrad losgelassen und klopfte mit beiden Händen gegen die Windschutzscheibe.

„Das wird doch nicht etwa regnen?!"

In der Ferne hatten sich Wolken aufgebaut. Aber keine unheildrohende Wand wuchs da am Horizont, sondern nur ein paar fröhliche Wanderer kamen heranspaziert. Frei waren sie, heiter und gelöst waren sie, nichts drückte sie, nicht machte sie schwer.

„Ach", sagte ich nur wieder.

Vor einhundertfünfzehn Jahren war Stahlbrode noch leer und still. Heute ist Stahlbrode laut und voll und ganz und gar kein unschuldiger und harmloser Ort mehr, wie ihn Elizabeth von Arnim in ihrem Büchlein „Elizabeth auf Rügen" beschrieben hat. Bis zum Dorf hinauf standen die wartenden Autos. Neben den Autos standen die wartenden Touristen. Sie hatten die Münder aufgerissen und die Arme ausgebreitet. Das Meer war nah. Komm, flüsterte und raunte es. Kaum ein Herz, das nicht schneller schlug beim Anblick des funkelnden Strelasunds.

Zwei Fähren mussten wir fahren lassen, ehe wir an der Reihe waren. Eine Frau in einem blauen Ticket-Häuschen verkaufte uns die Schiffskarten, ein Angestellter der Weißen Flotte öffnete eine Kette und Rügen war auf Steinwurfweite herangerückt.

Die Fährleute schwitzten. Freitagmittag in der Ferienzeit, das bedeutete Knochenarbeit für sie. Über die Gesichter der beiden

Männer huschte ein erschöpftes Lächeln, als ich mich zu ihnen stellte. Eine Doppelschicht mussten sie schieben. Zwölf Stunden und niemals ein Funkeln und niemals ein Meeresrauschen. Nur Blech sahen ihre müden, dunkel gewordenen Augen.

„Wir waren von Anfang an mit dabei."

Vor Stolz wurden die Augen der Männer eine Spur heller.

„Am zweiten Mai vierundneunzig ging's ja hier wieder los. Aber mächtig, sag' ich Ihnen!"

Fünfzig Jahre zuvor hatten ein paar Matrosen die jahrhundertalte Fährtradition kurzerhand für beendet erklärt, indem sie das Fährboot kaperten und der heranrückenden Roten Armee in Richtung Kiel davonbrausten. Der Handstreich nahm Glewitz und Stahlbrode mit einem Schlag Bedeutung und Identität. Viel Kopfzerbrechen werden sich die Matrosen darüber nicht gemacht haben. Es war Kriegszeit und die einzige Identität, die sie zu wahren hatten, war ihr bedrohtes Leben.

Kaum an Rügens grüner Küste gelandet, kletterte Michael aus dem Auto und rief, dass er etwas essen müsse. Wie zum Beweis drückte er die Hände auf seinen Bauch.

„Fass mal an!"

Als Antwort warf ich die Tür ins Schloss. Der Kerl war verschroben oder verrückt, vielleicht war er auch beides. Ich fasste niemanden an den Bauch, schon gar keinem Boxer, den ich erst vor ein paar Tagen kennengelernt hatte.

Ich ließ Michael vorauslaufen. Wieder war mir alles zu eng und zu dicht. Vier Tage! Ich würde mit dem Mann in einem Zimmer schlafen müssen, ich würde sein Schnarchen hören müssen und sein Zähneknirschen und sein Furzen. Tobias, dachte ich verzweifelt, stiller, nobler Tobias. Noch niemals hatte ich ihn schnarchen oder mit den Zähnen knirschen hören. Er war ein idealer Kollege. In großer Hitze war er der kühlende Schatten und an trüben Tagen das hell und warm machende Licht. Eine ganz krautige Sehnsucht hatte ich plötzlich nach ihm.

„Hast du keinen Hunger?"

Michael drehte sich mit einem fragenden Kinderlächeln nach mir um.

„Ich habe im Zug gegessen", log ich.

Der erste Imbissstand, ein umgebauter Campingwagen, stand gleich an der Mole. Michael studierte lange die Angebotstafel. Dabei hob er immer wieder seine Nase und schnoberte in den Bratdünsten herum, die aus dem Wagen quollen. Er war nicht zufrieden. Zum ersten Mal huschten Unmutswellen über seine Stirn.

Zum zweiten Imbissstand gehörten ein halbes Dutzend bunter Tische und bunter Stühle. Er war nah am Ufer aufgebaut, hatte eine Leuchtreklame auf dem Dach und nannte sich „Delikatessen des Meeres". Michaels Stirn glättete sich rasch. Er bestellte sich eine Terrine Pommersche Fischsuppe, ein Glas Bier und zwei Fischbuletten mit Kartoffelsalat. Viel lieber hätte er zwar Thüringer Bratwurst gegessen, erklärte er Suppe löffelnd, in Thüringen sei er geboren, deshalb esse er überall, wo er hinkäme, Thüringer Bratwurst.

„Das ist mein Heimattrieb."

Er hob das Bierglas und prostete mir zu. Nach Bier, lachte er, würde er immer müde werden.

„Dann trinke keins", erwiderte ich kühl.

„Aber es schmeckt mir so gut."

Er rieb sich abermals den Bauch.

„Du kannst fahren, wenn du willst", schlug er mir vor.

Ich aber wollte nicht. Ich wollte viel lieber den Wolken zusehen. Immerzu waren sie anders. Mal kamen sie klein und schüchtern daher und mal gewaltig und in Massen.

Ich musste wieder an Birgit denken. Über Kreta gab es ganz sicher keine Wolken. Öd` und leer musste der Himmel dort sein. So öd` und leer wie eine Eisscholle in der Antarktis.

„Ich werde auch etwas essen", antwortete ich knapp.

Ich stand auf, aber statt zu den Delikatessen des Meeres, ging ich hinunter ans Wasser, zog Schuhe und Strümpfe aus und sagte leise: „Hallo."

Es war ein erster Gruß.

Von Stahlbrode kam die nächste Fähre heran. Die Wellen an ihrem Bug waren ein einziger glitzernder Schaum. Andere Boote kamen, kleine, große, und alle hinterließen im Wasser eine leuchtende Spur, die bis in die Haarspitzen glücklich machte.

In meinem euphorischen Schwall hörte ich Michael nicht sofort. Irgendwann stand er neben mir. Er hatte einen Pappteller in der Hand, auf der eine Fischbulette lag, und sagte: „Schön hier."

„Was, schön?" fragte ich unfreundlich zurück. Ich wollte ihn nicht neben mir haben. Das Leuchten und Glitzern gehörten allein mir und sonst niemand.

Michael zeigte erst auf den Strelasund hinaus, dann zeigte er mit einem Kopfnicken auf den Teller mit der Fischbulette.

„Da nimm", grinste er. „Du musst etwas essen. Dein Magen knurrt schon."

„Knurrt er nicht!" widersprach ich.

Ich hielt die Luft an.

Wehe! grummelte ich in mich hinein. Aber was kümmerte meinen Magen, dass ich Boxer nicht leiden konnte. Er roch nur den würzigen Bratgeruch und tat, was alle leeren Mägen tun, er knurrte.

Während ich aß, planschte Michael mit den Füßen im Wasser.

„Am liebsten würde ich reinspringen", seufzte er leise. „Du auch?"

„Weiß nicht", wich ich aus. „Es sind zu viele Leute hier."

„Wie alt bist du eigentlich?" fragte er dann unvermittelt.

Ich war beim letzten Bissen angelangt. Er blieb mir zwischen Lippe und Schlund hängen. Ich wollte dem Mann keine Antwort geben, wie ich ihm auch keine Fragen stellen wollte. Mir war sein Alter egal und wie viele Kinder oder Frauen er hatte. In vier Tagen würde alles vorüber und der Job geschafft sein. Dann sah ich ihn niemals wieder und für vier Tage reichte es, wenn ich von ihm nur seinen Vornamen kannte.

„Ende dreißig", log ich ein zweites Mal.

Wenn einer graue Haare hat, die nicht nur am Scheitel dürr und schütter werden, sondern am ganzen Kopf, und wenn dazu noch Tränensäcke kommen und ein gelber, faltiger Hals, dann kann so eine Antwort nur Verwunderung stiften.

Michael wunderte sich auch. Seine kleinen staubigen Augen, die immerzu nach innen zu sehen schienen, wurden mit einem Mal rund und groß. Er öffnete den Mund, sagte aber nur: „Aha."

Ohne sich Schuhe und Strümpfe angezogen zu haben, drehte er sich herum und marschierte zum Auto zurück. Ich folgte ihm mit ein paar Metern Abstand. Mein Spott war ein höhnischer Schmetterling. Unentwegt flatterte er um seinen breiten Kopf. Kurz bevor wir den Volvo erreichten, überholte ich ihn.

„Ich fahre!" sagte ich bestimmt.

Ich hoffte auf das Bier und die beiden Fischbuletten. Sie sollten Wirkung zeigen. Wenn Michael schlief, dann war er nicht mehr richtig vorhanden, dann verschwand er ein wenig und die Wolken und das Glitzern des Strelasunds hatte ich für mich allein.

„Bist 'n Kumpel!" klatschte Michael in die Hände. „Wenn du fährst, kann ich noch ein Bier trinken."

Er zwinkerte mir verschmitzt zu, machte auf dem Absatz kehrt und stellte sich erneut bei den Meeresfrüchten an.

„Bring` mir eins mit", rief ich ihm nach.

Die Flasche würde ich Michael anbieten. Ich würde ihm sagen, ich hätte es mir plötzlich anders überlegt. Drei Bier waren ein verlässliches Schlafmittel. Bis Putbus wäre ich ihn ganz sicher los und bis Putbus war es weit.

„Willst du meins auch haben?"

Meine Stimme war ohne Arg, als wir über die sanften Höhen der Halbinsel Zudar hinwegfuhren. Michael wollte. Er trank schnell und lautlos und ebenso schnell und lautlos schlief er auch ein.

GARZ ist eine wunderliche Stadt. Ein paar schmale Straßen, ein paar schweigsame Häuser und das war`s. So langsam kann man gar nicht fahren, um nicht in Minutenfrist durch Garz hindurch zu sein.

Früher einmal muss es ganz andere Zeiten gegeben haben, mit einem regen städtischen Treiben, selbst des Nachts. Von Bordellen und gewerbsmäßiger Unzucht ist in Chroniken die Rede und von entrüsteten Regierungspräsidenten im fernen Stralsund, die der Garzer Lohnhurerei ein kategorisches Ende bereiten wollten. Damals, 1849. Einhundertsiebzig Jahre später ist von diesem kollektiven Sinnenrausch nichts mehr geblieben. Heute muss man Mitleid mit der Stadt haben, so leer und still ist sie. Ein heißer Sommertag in Garz, das ist ein ganz unmöglicher Ort auf Erden. Nicht einmal eine Kneipe gibt es, in die man fliehen könnte.

Ich aber hatte einen Job, ich hatte einen Auftrag und da ich den schlafenden Michael auch noch hatte, schlug ich das Lenkrad nach links, schaukelte eine der schmalen Straßen hinunter und parkte den Volvo im Schatten eines der schweigsamen Häuser.

Das Ernst-Moritz-Arndt-Museum ist ein kleines, rotes Backsteingebäude, in dem man sich gut eine dreiköpfige Familie vorstellen kann. Vater, Mutter, Kind, dazu Hund und Katze und im Garten eine bunte Zwergenschar.

Familiär geht es im ganzen Haus zu. Keine Aufseher und keine Pförtner bewachen die beiden Etagen. Die Tür steht offen, nur um ein Klingelzeichen wird auf einem handgeschriebenen Zettel gebeten.

Ich klingelte, einmal, zweimal, doch niemand zeigte sich. Ich hatte das ganze Museum für mich allein. Ernst-Moritz Arndts Sofakissen gehörte mir und seine Kleiderbürste und sein Poesiealbum und seine Märchenbücher. Vor allem aber gehörte mir der Neuntöter im Dachgeschoß. Auf einem Stöckchen saß er. Ein unscheinbares Bürschchen, das irgendwann einmal in Kapstadt oder Johannisburg aufgebrochen war, um mit hundert anderen nach Garz zu fliegen. Unwetter, Plage, Not, nichts konnte ihn aufhalten. Auch keine Vernunft. Zwölftausend Kilometer und kein anderer Sinn, als ein paar Eier in einen Fliederbusch zu legen und die träge Weite von Garz mit afrikanischen Gesängen zu füllen.

Ich stand lange vor dem Neuntöter. Er sah mich an. Ich sah ihn an. Der Vogel wollte mir eine Geschichte erzählen, aber ich begriff sie nicht. Ich würde sie nie begreifen. Nicht jetzt, nicht morgen und nicht in hundert Jahren.

Michael schlief noch immer, als ich zum Auto zurückkehrte. Auf seinen Lippen lag der Rest eines Lächelns und auf seiner verschwitzten Stirn das Leuchten von himbeerroter Zufriedenheit.

Ich startete den Motor. Die schmalen Straßen von Garz verwandelten den Volvo in eine behutsam dahinschaukelnde Sänfte.

Acht Kilometer mochte eine zweispännige Pferdekutsche in einer Stunde schaffen. Draußen auf der Landstraße drosselte ich die Geschwindigkeit noch weiter. Ich versuchte mir vorzustellen: Elizabeth und ihre Zofe Gertrud in der offenen Victoria, vorn auf dem Kutschbock der stumpfe August, und dann kommt aus Richtung Kasnevitz das Automobil auf sie zugerast. Keine leis` dahinwippende Kombilimousine, sondern ein Lärm und Gefahr versprühendes Ungeheuer. Die Pferde drohen durchzugehen, Elizabeth und Gertrud springen, wirr vor Angst, aus der Kutsche und der trottlige August bemerkt von allem nichts und fährt, ohne sich umzudrehen, nach Putbus weiter.

Kurz vor Kasnevitz hielt ich an, stieg aus dem Auto und untersuchte die Steine am Wegrand. Steine haben ein langes Leben. Sie haben viel gesehen und noch mehr über sich ergehen lassen. Eine deutsch-englische Reiseschriftstellerin zum Beispiel, die sich zur vorletzten Jahrhundertwende in den Kopf gesetzt hatte, allein nach Rügen zu reisen. Ohne Mann, ohne Kinder. Gegen alle Konventionen und Vorurteile der Zeit.

Ich nahm einen Stein in die Hand und prüfte sein Gewicht. Die Zeit hatte ihn rund und schwer werden lassen. Ich streichelte ihn, schüttelte ihn, dann hielt ich ihn lange ans Ohr. Zu schade auch, dass ich nicht verstand, was er mir erzählte.

IN KASNEVITZ erwachte Michael. Er rieb sich die Augen, entdeckte den nadelspitzen, aus gelben Ziegeln gemauerten Turm der Dorfkirche und gähnte: „Den müssen wir unbedingt aufnehmen."

Obwohl Kasnevitz nicht im Drehplan stand, antwortete ich: „Okay, können wir machen."

Das kühne Flämmchen meines Großmutes leuchtete aber nicht lange. Michael hatte gerade erst die Hecktür des Kombis geöffnet, da war es auch schon wieder erloschen. Ihr habt keine Zeit, flüsterte mir das schlechte Gewissen zu. Und prompt rief ich: „Wir müssen uns beeilen, Mann! Putbus wartet."

Doch Michael hatte sich schon Kamera und Stativ gegriffen und rannte auf den Friedhof zu. Wie verwandelt war er. Alles Plumpe, Schläfrige war von ihm abgefallen. Er hüpfte die Wege entlang, zeigte hierhin und dorthin und lachte und redete.

„Weißt du, wie mir das alles gefehlt hat?!"

Er vollführte eine Armbewegung, die von Horizont zu Horizont reichte.

„Seit bald einem Jahr habe ich so etwas nicht mehr gemacht. Habe nur zu Hause gesessen und vor mich hin gewartet."

Er wiederholte die Armbewegung. Sie reichte jetzt kaum über die Friedhofsmauer hinweg.

„Manchmal habe ich schon gedacht, ich wäre tot. Ich war gar nicht mehr richtig am Leben. Ich war so klein und überflüssig. So wie 'n Wurm ungefähr."

Er scharrte aufgeregt im Sand. Aber nicht ein Regenwurm blieb an seiner Schuhspitze hängen. Die beißende Sonne hatte alles Getier tief in die Ritzen der Friedhofserde getrieben.

„Oder, oder", rief er laut, schlug sich aber plötzlich vor die Stirn, als hätte er den Satz vergessen oder sich eines Besseren besonnen.

„Oder", rief er noch einmal.

Er fuhr herum und sprang suchend an den am Wegrand stehenden Büschen entlang. Die von Spinnweben überzogenen Blätter eines Rosenstrauches lieferten ihm dann das Sinnbild seiner Verzweiflung.

„Oder wie `ne Laus!" jappte er erleichtert.

Er rollte das verkrüppelte Blatt auseinander und hielt es mir vor das Gesicht. Ich streifte das Blatt mit halbem Blick. Auf der Unterseite markierten sich winzige, schwarze Punkte.

„Das sind keine Läuse", erwiderte ich nüchtern. „Das sind Pilze."

„Ach, Mann", stammelte Michael enttäuscht. Er warf mir das Blatt vor die Füße.

„Du hast ja keine Vorstellung, was die mir alles auf dem Arbeitsamt zugemutet haben. Mal sollte ich UX-Designer werden, mal Producer und dann wieder Layouter. Ich bin aber K-a-m-e-r-a-m-a-n-n!"

Er rannte zum Kirchenportal zurück, vor dem noch immer der Camcorder auf dem Stativ stand.

„Geträumt habe ich von so einem Ding", rief er mit wieder erstarkter Stimme. „Ich habe von so einer Kamera wie von einem kleinen Kind geträumt."

Er streichelte und küsste das schwere Gerät, nahm es in die Arme und wiegte es.

„Du meine Güte", erwiderte ich kühl, „ich war auch schon arbeitslos."

Mir war sein Gefühlsausbruch unangenehm. In einer Friedhofsecke waren zwei Frauen auf uns aufmerksam geworden. Sie hatten ihr Harken und Blumengießen unterbrochen und sahen mit strafenden Blicken zu uns hinüber. Eine schüttelte sogar ihren Kopf. Ein vernehmliches „Tsss", war zu hören.

Wir hatten die Frauen bei einer wichtigen Arbeit gestört. Sie pflegten die Gräber ihrer Vorfahren und Ahnen. Sie standen mit Gott in Verbindung, mindestens aber mit Engeln. Wir dagegen waren nur flüchtige Fremde, wir sollten von ihrer geweihten Erde verschwinden. Es wurde abermals gezischt.

„Du hast doch jetzt 'n Job", sagte ich noch eine Spur kühler.

Mit zwei, drei Sprüngen war Michael bei mir.

„Mensch, deswegen freue ich mich doch auch so!"

Ich wich einen Schritt zurück. In seinen Augen war so ein übermütiges Funkeln, jeden Moment konnte er mich bei den Schultern packen und mit mir die Friedhofswege entlangtanzen.

Doch er zwinkerte mir nur zu, sagte: „Komm", und griff sich Stativ und Kamera. „Vielleicht finden wir noch was Interessantes im Dorf."

„Was sollen wir denn da finden?"

Mein Widerspruch war nur schwach. Gegen Michaels kraftstrotzende Fröhlichkeit kam er nicht an. Außerdem waren da noch immer die beiden Frauen. Ihre Mienen hatten sich weiter verdunkelt. Wie finstere Sirenen standen sie auf ihren Harken gestützt. Jeden Moment konnten sie losheulen und Kasnevitz wehrbereite Männer herbeirufen. An so einer Begegnung war mir nicht gelegen und so wirbelte ich herum und rannte hinter Michael her.

„Was sollen wir denn da finden?" wiederholte ich.

„Wirst schon sehen", lachte Michael. „Ich kenne mich hier aus."

IN PUTBUS hatte Michael einmal eine Freundin gehabt. Im Kino hatte er sie kennengelernt. 1987, in einem kalten, einsamen Sommer. Er hatte sich einfach zu ihr gesetzt und sie geküsst. Wie sie hieß und wie sie aussah, hatte er erst erfahren, als die Lichter im Saal wieder angegangen waren.

„Stopp mal!" rief er, als wir gemächlich die Alleestraße hinauffuhren.

Er nickte zu einem Haus hinüber, das weiß und makellos am Markt stand.

„Da drüben hat sie gewohnt. Oben links das kleine Fenster, das müsste ihr Schlafzimmer gewesen sein."

Ich pfiff genießerisch durch die Zähne. Ich glaubte, dass Michael so eine Reaktion erwartete. Doch er wiederholte nur: „Ja, da oben", und schwieg.

Bis zum Circus sagte er kein Wort mehr.

Der runde Platz lag warm und breit in der frühen Abendsonne. Aber keine Touristen ergingen sich auf ihm, nicht einzeln und nicht in Gruppen. Es flanierten auch keine Putbusser die akkuraten Wege entlang. Der Platz war vollkommen leer. Die Leere stand ihm gut. Sie machte ihn noch größer und noch majestätischer. Die Leere machte ihn aber auch um vieles lebloser.

Schläfrig und altmodisch hatte Mary Anette Beauchamp, spätere Elizabeth von Arnim, spätere Elizabeth Russell die abgezirkelte Pracht von Putbus genannt. Die weiße Perle des Nordens, die einst als ideale Stadt erbaut worden war, hatte schon vor über einhundert Jahren Schimmel angesetzt. Eisenbahn und Auto waren zum Maß der Zeit geworden, und die machten um Putbus einen großen Bogen. Das ist bis auf den Tag geblieben. Heute hat Putbus nur Vergangenheit zu bieten. Große, majestätische Vergangenheit, die nicht ganz wirklich ist und nicht ganz von dieser Welt.

„Wollen wir gleich weitermachen oder uns erst was zum Schlafen suchen?" wandte ich mich an den noch immer schweigenden Michael. „Ich werde langsam unruhig."

Ich zeigte auf die Uhr am Armaturenbrett. Es war nach sieben. Zeit, um an den Abend zu denken.

„Suchen wir uns ein Zimmer", antwortete er. „Das Licht ist nicht mehr gut."

Der Mann hatte Recht. Die repräsentativen Häuser des Circus mit dem Pädagogium und dem ehemaligen Hotel Bellevue lagen auf der Westseite und damit im Schatten der gegenüberliegenden Häuser. Mit dieser Pracht konnte die Ostseite nicht mithalten, so sehr die Abendsonne auch ihr verschwenderisches Licht über die Dächer und Schornsteine ausschüttete.

Lange Zeit gab es in Putbus weder Touristeninformation noch Hotels, noch Pensionen. Nun hat Putbus Touristeninformation und Hotels und Pensionen, wir mussten trotzdem von Tür zu Tür ziehen, wie Maria und Josef einst in Bethlehem. Die fanden immerhin einen Stall, wir fanden in Putbus nichts. Alle Herbergen waren bis September ausgebucht.

„Wir haben Hauptsaison", zuckte eine Frau, die Privatzimmer in der Neuendorfer Straße vermietete, die Schultern. „Hätten Sie eben früher kommen müssen."

Sie versuchte erst gar nicht, freundlich zu sein.

„Außerdem ist Wochenende. Da kommen noch die ganzen Kurzurlauber aus Berlin und Hamburg dazu."

Sie verschränkte beide Arme vor der Brust, als erwarte sie jeden Augenblick, dass wir sie überrennen und ins Haus stürmen würden.

„Ein Notbett hätte ich ja noch", meinte sie, als wir im Begriff waren, kehrt zu machen. „Wenn Sie da beide raufpassen?"

In ihren senffarbenen Augen schimmerte nicht das geringste Grauen, sich zwei ausgewachsene Männer auf einer handtuchbreiten Klappliege vorzustellen.

„Nein, danke" antworteten Michael und ich zugleich.

Wir zogen zur nächsten Tür und von dieser wieder zur nächsten. Die Unruhe war eine kleine, glühende Spindel, immer tiefer bohrte sie sich in meine Magengrube hinein.

„Was machen wir, wenn wir nichts finden?" fragte ich gereizt.

„Wir werden schon was finden", antwortete Michael.

„Aber nicht in Putbus!" widersprach ich.

Ich wollte mich streiten. Ich wollte die Spindel heraushaben aus meinem Bauch.

„Wir müssen auf die Dörfer ausweichen."

Wir waren durch die Stadt hindurch. Vor uns lag eine schmale Allee, zwischen deren Bäumen sich bereits Dunkelheit sammelte. Der Abend zog herauf. Nur in der Ferne blinkte und blitzte noch der Turm der Vilmnitzer Kirche. Er rief seine Kinder heim. Ein Bett gab er ihnen und Schutz und Geborgenheit für die Nacht. Nach Vilmnitz wollte ich. Ich wollte endlich ankommen.

„Oder sollen wir etwa im Auto schlafen?"

„Nicht im Auto." Michael redete mit mir wie mit einem bockigen Kind. „Aber in einem Zelt."

„Und wo kriegen wir so 'n Ding her?"

Sein nachsichtiger Tonfall stachelte mich nur noch weiter auf.

„Von da hinten."

Michael zeigte mit einem Daumen über die Schulter. Er hatte nicht nur ein Zelt im Kofferraum zu liegen, sondern auch zwei Schlafsäcke. Um verblüfft zu sein, war ich viel zu erregt.

„Prima", schnaubte ich. „Hast du zufällig auch noch einen Spirituskocher mit dabei?"

„Nee, aber einen Tauchsieder."

Da musste ich laut auflachen und heraus war die Spindel aus meinem Bauch. Gott hatte diese Welt noch nicht verlassen, er war noch immer da, war lieb und barmherzig und gab uns Schutz und Geborgenheit. Der Liebe Gott gab uns auch Brot und Wein. Im „Pommerschen Stübchen" am Kleinbahnhof hatte er für uns gedeckt. Ein einfacher Tisch in einem einfachen Gasthaus, dennoch streckten wir die Beine aus und murmelten Dankesgebete über das karierte Tischtuch hinweg.

Die Kellnerin, die uns bediente, war klein und schmal und lief auf viel zu hohen Plateausohlen viel zu schnell durch die beiden Gastzimmer. Zu ihren unförmigen Schuhen trug sie einen fransigen Leinenrock und eine Häkelbluse mit weiten, Rüschen besetzten Ärmeln. Auch das passte nicht zusammen. Und erst recht nicht passte ihr glattes Dekolleté zu ihrem verwitterten Gesicht.

„Ich glaube, das ist sie", flüsterte Michael.

Die Frau hatte uns die Getränke gebracht. Bier und Mineralwasser für den ersten, den gierigsten Durst und Wein für später, um nach dem Essen, Kopf und Seele satt zu machen.

„Das ist wer?" fragte ich zurück.

„Na, Kerstin. Sie hatte damals schon gekellnert. In Sellin. In der „Seeperle".

Ich begriff endlich. Die Frau aus dem Kino. Neugierig geworden, hob ich den Kopf.

„Hat sie dich auch erkannt?"

„Ich denke nicht", erwiderte Michael. „Ich war damals viel dünner. So fünfundfünfzig Kilo habe ich gewogen. Und lange Haare hatte ich außerdem."

Er flüsterte noch immer. Die Frau stand jetzt am Tresen und unterhielt sich mit einem jungen Kollegen.

Ein fröhliches Gespräch mussten die beiden führen. Ein paar Mal lachte die Frau auf. Manchmal schlug sie sich eine, manchmal beide Hände vor den Mund. Teenager unterhalten sich oft auf diese ungestüme Art. Vielleicht fühlte sich die Frau in diesem Augenblick auch wie ein Teenager. Vielleicht hatte sie der Zeit ein Schnippchen geschlagen und war ein paar Jahrzehnte zurückgesprungen, schwärmte von AC/DC und dünnen Typen mit langen, blonden Haaren. Vielleicht war es auch schwer, in Putbus Teenager zu sein. Dreißig Jahre und niemals etwas anderes als Schimmel und Schläfrigkeit, da ist selbst der größte Vorrat an Jugend rasch aufgebraucht. Was übrigbleibt, ist ein Turm aus Leere und Nichts, der mit jedem Tag nur höher wird.

Von plötzlicher Eile gepackt, zahlten wir. Es war bald Mitternacht. Sonderbare Schatten huschten um das „Pommersche Stübchen". Die Geisterstunde war nah. Ganz sicher wurden oben auf dem Circus alle Fremden zur Mitternacht gefangen genommen und geplündert und ausgeraubt. Ganz sicher wurden sie dann in eines der weißen, makellosen Häuser gesteckt und zu lebenslangem Aufenthalt in Putbus gezwungen.

Um jedes Risiko auszuschließen, bog ich noch vor dem Platz nach links ab und jagte den Volvo, so schnell es Bodenwellen und Warnbaken zuließen, den Wreechener Weg entlang.

In Wreechen, einem Putbusser Vorwerk, das nur aus bellenden Hunden besteht, wusste Michael einen Platz, wo wir ungestört das Zelt aufschlagen konnten. Trotz der Dunkelheit war die Arbeit schnell getan. Über das Zerren und Spannen der Plane wurde Michael wieder einsilbig. Er verkroch sich rasch in seinen Schlafsack, die Kellnerin aus dem „Pommerschen Stübchen" ging ihm offenbar nicht aus dem Sinn. Wahrscheinlich suchte er in ihrem zerklüfteten Gesicht noch immer das Mädchen von einst, und wahrscheinlich suchte er auch sich selbst. Sommer 1987, junger Boxer von fünfundfünfzig Kilo.

Ich ließ ihn suchen. Ich hatte in meinem Rucksack nicht nur Hemden und Strümpfe, ich hatte in ihm auch eine kleine Whiskyflasche zu stecken. Mit der setzte ich mich vor das Zelt, zündete mir ein Zigarillo an und ließ es mir gutgehen. Die Nacht war warm und weich, tausend Stimmen und tausend Töne hatte sie, und alle sangen das immer gleiche Lied von Jugend und Vergänglichkeit.

Der Schlaf kam schnell. Er fasste mit zärtlichen Händen nach mir und warf mich in das unglaubliche Blau der vorpommerschen Sommernacht hinaus.

Der zweite Tag

VILM war Sperrgebiet. Dreißig Jahre lang durften nur staatstragende Füße die Insel betreten. In jenem überaus heißen und überaus trockenen Sommer 1959 war es gewesen, als in Berlin ein sehr deutscher und sehr demokratischer Ministerpräsident per Dienstanweisung verfügt hatte, dass das Inselchen im Greifswalder Bodden nur noch ein wenig Volkes eigen sein dürfe. Der Ministerpräsident schickte auf der Stelle energische Wachposten auf den Vilm und nicht weniger energische Bauarbeiter. Die rissen erst einmal das Hotel ab, unter dessen Kastanienbäume Elizabeth einst bei Kaffee und Stachelbeergelee gesessen hatte, und bauten an seine Stelle elf schneeweiße Häuschen mit fünfzig schneeweißen Betten darin. Fünfzig, hatte jener Ministerpräsident ausgerechnet, waren genug Volk für so eine winzige Insel.

Wir fuhren mit dem Schiff nach Vilm hinüber. Beim Einsteigen musste ich wieder an Tobias denken. Sah ihn in seinem Bett liegen, beide Beine an einen Galgen geschnallt. Ganz anders war sein Morgen gewesen, dumpfer, trostloser. Er hatte nicht baden können, hatte nicht die trunken machende Freiheit des Meeres gespürt. Hongkong, San Francisco, Sydney, in jedem Wassertropfen des Greifswalder Boddens hatte die große, verheißungsvolle Welt gesteckt.

An Bord des Fährbootes gab es nur Rentner. Zweitausend Jahre standen und saßen um uns herum. Und sie standen und saßen überaus laut und überaus penetrant. Am lautesten waren zwei Männer mit roten Köpfen und krummen Schultern. Unter ausdauerndem Genicke erzählten sie einander ihre Leidensgeschichten. Von Gallenkoliken und Schlaganfällen hochgetrieben, stieg ich aufs Deck hinauf, stellte mich an die Reling und wartete. Das Sprühen und Leuchten der Wellen sollten die Alten aus meinem Kopf vertreiben. Das Meer erledigte seine Arbeit gründlich. Schon nach wenigen Minuten waren die Männer klein und unwichtig geworden.

Unwichtig war auch, ob Michael die zwanzigste Totale der Insel aufnahm (was er tat; seit unserer Abfahrt in Wreechen hatte er die Kamera nicht ein einziges Mal aus der Hand gelegt). Unwichtig war auch, ob Regierungen stürzten oder Showstars heirateten oder sich das Klima erwärmte. Fernab lag an diesem Samstagmorgen die Welt mit ihren großen und kleinen Aufgeregtheiten.

Doch die Welt kam wieder. Mit kleinen Schritten schleppte sie sich heran, blieb neben oder hinter mir stehen, schnaufte und ächzte und prustete. Ich aber wollte die Welt nicht hören und lehnte mich noch weiter über die Reling. Blitz und Donner sollten von den Wellen aufsteigen und Neptuns schreckliche Heerscharen. Doch außer ein paar Schlingpflanzen zeigte sich nichts auf dem grün schimmernden Wasser. Da würgte ich kurz und ließ einen nicht minder grün schimmernden Rotzklumpen durch die Luft fliegen. Dann drehte ich mich herum und sagte streng: „Du wirst bald nur noch leere Akkus haben."

Michael schleppte gerade die Ausrüstung zum Heck des Schiffes. So eine Profikamera ist schwer, das Stativ ist kaum leichter. Ich hätte bei ihm sein und ihn helfen müssen, war ich doch nicht nur sein Autor, Beleuchter und Tonmeister, sondern auch sein Assistent.

„Warte doch", rief ich ihm nach.

Ich rief aber nicht sehr laut. Ich wollte Michael herausfordern. Seine Genügsamkeit reizte mich. Mit allem war er zufrieden, nichts schien ihn zu stören oder aufzuregen. Niemals protestierte er oder hatte Einwände. Zu fettes Essen und verstopfte Straßen und Verzweiflung und Überdruss existierten nur in meiner Welt. In Michaels Wunderland dagegen gab es nichts anderes als Ausgleich und Harmonie.

„Was nimmst du denn dauernd auf?" brummte ich.

„Das Badehaus", antwortete er. „Es kommt gut."

Michael hatte die Kamera in Richtung Lauterbacher Bucht geschwenkt. Es war später Vormittag, die Luft über dem Wasser begann bereits zu tanzen. Sie machte die schwindsüchtige Schönheit des Badehauses Goor noch kostbarer.

„Du wirst bald nur noch leere Akkus haben", wiederholte ich. „Denk` an Honeckers Haus. Das müssen wir unbedingt aufnehmen."

„Machen wir ja auch", grinste Michael.

Er fasste in eine Tasche seiner Lederweste und zog triumphierend ein nagelneues Akku-Set hervor.

„Erich kriegt `ne geballte Ladung."

Honeckers Haus ist ebenso klein und ebenso weiß wie die übrigen zehn. Einem Vordenker der Massen war nicht viel Individualität erlaubt. Ein Rosenbusch neben der Eingangstür, das ist auch schon alles. Mehr Ausnahme gab es auf dem Vilm nicht. Fünf Mal soll Honecker die Insel besucht haben. Andere Chronisten sprechen von sieben Aufenthalten. Niemand aber spricht davon, ob er glücklich gewesen war oder depressiv, ob er den Himmel zwischen dem Großen Haken und der Scheibe mit revolutionären Gedanken gefüllt hatte oder nur mit blauer Luft. Ungeklärt bleibt auch, wer das große Herz nahe seiner Ruhebank am Kochufer in die Buche geritzt hat. Gab er seinen Sekretären den Auftrag oder legte er in liebestoller Stunde selbst Hand an den Baumstamm? Mit der Geschichte ist es schon ein Kreuz. Immer hat man mehr Fragen, als sie Antworten gibt.

LAUTERBACH hat zwei Attraktionen. Das Badehaus ist alt und edel und liegt links vom Bahndamm am Rande des Goor Waldes. Das Hotelschiff „Princess" ist neu und edel und liegt rechts vom Bahndamm an einem Pier des Fischereihafens.

Wir fuhren zuerst nach rechts. Mittag war vorüber. Wir hatten Hunger. Schon von weitem winkten uns bunte Fähnchen zu. Das Hotelschiff hatte über alle Toppen geflaggt. Große Tafeln priesen die Vorzüge seiner beiden Restaurants an. In der „Kajüte" im Bug des Schiffes wurde internationale Küche geboten und auf dem Sonnendeck einheimisches Allerlei. Wir entschieden uns für Sonne und Königsberger Klops und stiegen eine schmale Schiffstreppe hinauf. Ein paar Tische und Stühle waren noch frei. Das Flattern der weißen Schirme war eine fröhliche Einladung, Platz zu nehmen, um den Greifswalder Bodden zu bestaunen, in dessen Grün und Blau sich der Goor Wald spiegelte.

In dem moosigen Dunkel hatte das Badehaus jahrelang vor sich hingeträumt. Es würde auch heute noch träumen, wenn nicht eines Tages ein Prinz aus Cuxhaven gekommen wäre, der das noble Haus aus seinem dornigen Schlaf erweckte.

„Haben die Ruhetag?" fragte Michael, als sich auf unser wiederholtes Rufen niemand zeigte.

Er stand auf und ging, unsicher nach links und rechts sehend, zwischen den Tischen entlang.

„Hallo", rief er. „Bedient hier niemand?"

Doch da sprang ein Wind auf und nahm seine Worte mit hinaus auf das Meer. Nach Thiessow trug er sie und noch weiter bis nach Usedom und Swinemünde hinüber.

Ein paar Mal musste Michael noch rufen, dann erst öffnete sich eine Tür und gleich zwei Kellnerinnen stürzten herbei. Sie trugen keusche Prinz-Eisenherz-Frisuren, hatten Augen so blau und jubelnd wie der Sommerhimmel und sahen aus wie Schwestern. Michael hatte ihnen schon vergeben, noch ehe sie eine Entschuldigung stammeln konnten. Er spannte seinen Nacken und setzt sich aufrecht. Die gesamte Speisekarte mussten die beiden ihm vorlesen.

Auch mein Nacken spannte sich. Aber keine leichtfüßige Kraft machte ihn gerade und fest, sondern nur stachliger Neid. Michael flirtete überaus charmant und überaus erfolgreich mit den jungen Frauen.

Die beiden kamen aus Rostow am Don und arbeiteten seit drei Jahren auf dem Schiff. Aber nur zur Sommerszeit. Im Oktober, wenn die Saison vorüber war und alle Meere Nordeuropas in einen bleischweren Schlaf fielen, kehrten sie in ihre noch viel bleierne Heimatstadt zurück.

„Warum zieht ihr nicht nach Deutschland?"

Das wache, schalkhafte Lächeln veränderte Michael. Es machte ihn leichter und beweglicher. Es machte ihn auch mit jeder Minute jünger.

„Ihr könntet euch zum Beispiel eine Wohnung in Berlin suchen."

Die beiden Frauen wiegten nachdenklich ihre Prinz-Eisenherz-Köpfe.

„Berlin ist teuer", antworteten sie zugleich.

„Das Hin- und Herfahren ist auch teuer."

„Ja", sagte die eine, und die andere sah mit prüfenden Blicken am Horizont entlang, als schätzte sie die Entfernung Rostow-Berlin.

„Kommt den Winter über. Als Kellnerinnen werdet ihr überall mit Kusshand genommen."

Michael hatte das „ihr" mit einem Blinzeln der Augen betont. Sein verjüngtes Blut trieb ihn einen rosigen Schauer nach dem anderen über das Gesicht.

„Aber in Rostow sind wir zu Hause", antworteten die beiden. Ihr Lächeln war ebenso reizend wie selbstbewusst. „In Rostow leben unsere Familien. Da ist unsere Heimat."

„Was ist schon Heimat?", fragte ich mit einer Stimme, die vom Neid hart und spröde geworden war. „Heimat, das ist doch kein Ort, sondern immer nur da, wo man gute Freunde hat."

Die Sätze, mit denen ich mich ins Spiel bringen wollte, kamen bei den beiden Frauen gar nicht gut an. Sie machten säuerliche Gesichter und wandten sich Michael nur noch mehr zu.

„Und wo wohnt ihr jetzt?" Mit einem glucksenden Lachen versuchte er, meinen Hochmut wiedergutzumachen. „Doch nicht etwa in einem Zelt wie wir?!"

„Nein!" riefen die beiden und lachten ebenfalls. „Wir wohnen hier auf dem Schiff."

Das Strahlen ihrer Augen hob Michael hoch und immer höher. Bis Bergen konnte er sehen und bis Kap Arkona, und wenn er es gewollt hätte, würde er auch bis nach Rostow am Don sehen.

Mir waren seine Höhenflüge nicht entgangen. Ich setzte mich noch aufrechter, machte das unschuldigste Gesicht, zu dem ich fähig war, und ließ die Angriffslust in meinem Nacken knistern. Wie sieht denn so eine Kajüte aus? wollte ich fragen, doch Michael war schneller. Ich kam nur bis: „Wie sieht denn", da sagte er auch schon: „Könnt ihr uns so eine Kajüte mal zeigen?"

„Aber natürlich", erwiderten die beiden mit einer Freude, als hätte er ihnen ein Kompliment gemacht.

Die Frauen gingen voran. Aber statt geradewegs zu den Kajüten zu laufen, brachten sie uns zur Rezeption. Kein jubelndes Blau erwartete uns dort und keine freundlichen Blicke. Hinter dem Tresen saß eine breite, behäbige Frau mit dicker Brille. Zwei freie Kajüten habe sie noch, begrüßte sie uns. Gleich rechts könnten wir uns eine ansehen. Aus ihrem kimonoähnlichen Kleid schoss ein kurzer, fetter Arm, auf dem eine noch viel fettere Hand steckte.

„Es ist nicht abgeschlossen."

Sie wies mit dem Zeigefinger auf eine Tür. Die erste von vielen in einem schmalen, dämmrigen Gang.

„Es wird Ihnen gefallen."

Es gefiel mir nicht. Die Kajüte war nach dem Legoprinzip gebaut: Dusche, Klapptisch und Betten steckten dicht aufeinander. Auf der einzigen Ablage hatte nicht einmal mein Rucksack Platz.

„Nein danke", sagte ich.

„Aber es ist alles inklusive." Die dicke Frau rückte an ihrer dicken Brille. „Frühstück, Sauna, Solarium. Da sind neunzig Euro so gut wie geschenkt."

Ich wollte von der Frau nichts geschenkt haben und wiederholte: „Nein, danke."

„Vielleicht doch", mischte sich Michael in unser Verhandeln. „Eine Nacht haben wir ja schon gut. Wären es also summa summarum nur noch fünfundvierzig Euro."

Die Verschmitztheit in seinen Augen galt nicht mir. Sie galt den beiden Kellnerinnen aus Rostow am Don. An die dachte er, ich aber dachte an Richard. Wir hatten vereinbart, alle Reisekosten vorzufinanzieren. Die Bilanzen der Firma waren katastrophal. Seit Monaten schon wurden unserer Gehälter nur noch unregelmäßig gezahlt. Die Krise ging um. Nicht nur in der Amadeus Filmproduktion, sondern in der Medienbranche überhaupt.

„Das hier ist keine Kaffeefahrt", fuhr ich Michael an. „Kapiere das endlich."

Michael zuckte erschreckt zusammen. Von der Stirn her fiel ein enttäuschtes Grau über sein Gesicht.

„Okay", sagte er leise. „Suchen wir uns eben was anderes."

Moses muss sich geirrt haben. Nicht in Persien kann der Garten Eden gelegen haben, sondern in Lauterbach auf Rügen. Sein Tor war aus schmalen, bauchhohen Holzlatten gezimmert und in froschgrüne Farbe getaucht. Ich machte einen Luftsprung. Inmitten von Buchsbaumrabatten und Rosensträuchern stand eine hübsche Gartenlaube mit einer Veranda und einem Wetterhahn auf dem Dach. Obendrein war das Paradies auch noch preiswert zu mieten. Für fünfzig Euro gehörte es uns eine ganze Nacht. Ich bezahlte sofort, setzte mich auf die Veranda und war dankbar wie ein Kind, das überraschend beschenkt worden war.

Ähnliches musste auch Michael denken. Er hatte zwei Bierdosen in der Hand, wies auf die Rosensträucher und sagte: „Hier hält man`s doch aus."

„Wieder was aus deiner Notfallkiste?"

Ich zeigte schmunzelnd auf das Bier. Michael nickte. Er öffnete die Dosen und reichte mir eine. Als wir uns zuprosteten, spielte ein vorsichtiges, zum schnellen Rückzug bereites Lächeln um seinen Mund.

Das Bier machte uns rasch müde. Michael schlief sofort ein und ich sah mit halb geöffneten Augen noch einige Zeit zum Nachbargarten hinüber. Eine Frau putzte dort ihre Blumenbeete. Immer wieder bückte sie sich, zupfte hier und hackte dort und verschwand manchmal vollständig zwischen den Pflanzen. Als junger Mann hätte mich ihre Emsigkeit amüsiert. Wie ein stumpfsinniges Insekt wäre sie mir vorgekommen. Ich war aber nicht mehr jung. Mein Alter und der nahende Schlaf gaben mir die Milde, in ihrer Arbeit auch den Eifer und die Leidenschaft zu erkennen. Für ein paar grüne Strünke und Sträucher brachte die Frau so viel Liebe und Hingabe auf, dass sie die ganze Welt um sich herum vergaß. Ich hätte ihrem Gezupfe noch lange zusehen können. Doch dann rief jemand nach ihr, sie rannte ins Haus, und ich schlief ein.

Der Schlaf im Paradies ist so profan wie anderswo auch. Statt von himmlischen Gestaden, träumte ich von einem Supermarkt, in dessen Regale ich Zucker und Mehl suchte. Ich war enttäuscht. Im Bett jeder Jugendherberge hätte ich aufregenderes geträumt.

Um vier weckte mich Michael. Er hatte Kaffee gebrüht. Auf meiner Untertasse lag ein Butterkeks.

„Schon wieder was aus deiner Wunderkiste?"

Mit einem raschen Blick rutschte ich über seine Schläfen hinweg. Das Rapsgelb seiner Haare erschien mir nicht mehr ganz so künstlich. Erst nickte Michael, dann grinste er, dann zeigte er auf meinen Rucksack. Der Sack war vom Tisch gefallen, ein paar Socken lagen verstreut.

„Du bist nicht verheiratet, nicht?"

„Wie kommst du darauf?"

Vor Überraschung verschluckte ich mich. Ich hustete sogar.

„Ich sehe sowas halt", antwortete er. „'ne vernünftige Frau lässt ihren Mann nicht mit ein paar Socken losziehen."

„Vielleicht kennst du solche Frauen nur nicht", erwiderte ich. Ich verspürte plötzlich Lust, ihm von Birgit zu erzählen, wie ich sie vor drei Jahren auf einem Museumsfest kennengelernt hatte, wiederholte aber nur: „Ich glaube, du kennt solche Frauen nicht."

Ich sah Michael zum ersten Mal richtig an. Er hatte ein muskulöses Gesicht mit einer fleischigen Nase und einem weit vorspringenden Kinn.

„Nicht grad' ideal für einen Boxer", frotzelte ich und wies mit einem Fingerschnippen auf seine Kinnlade. „Da kriegst du doch ständig eine drauf."

„Woher weißt du, dass ich mal geboxt habe?"

Ich wartete mit meiner Antwort. Nun war Michael verblüfft und das wollte ich auskosten.

„Ooch", versuchte ich seine kieksige Stimme nachzuahmen, „ich sehe sowas halt."

Über Michaels Gesicht sprang ein vergnügtes Grinsen. Er riss die Fäuste empor, imitierte Muhamed Ali`s berühmte Siegerpose und keuchte: „I am the Greatest!"

Mit noch immer geballter Faust stupste er mir dann gegen die Schulter.

„Los komm", sagte er. „Wir müssen zum Badehaus."

Elizabeth hatte Lauterbach erst am Abend erreicht. Die Sonne war bereits am Untergehen, als sie zwischen Kastanien und grünen Böschungen dem ehemaligen Friedrich-Wilhelm-Bad entgegenschaukelte. Wir waren viel früher dort. Ein unsteter Nordwestwind trieb von Vilmnitz gerade erst den sechsten Glockenschlag über die sonnenwarmen Hügel der Goor.

Die achtzehn dorischen Säulen mit der schön kassierten Hallendecke waren nach der Wende heftig umfehdet. Ein Nachfahre jenes Malte von Putbus, der einst von einer idealen Stadt geträumt hatte, forderte nicht nur das Badehaus zurück, die weiße Pracht seines Ur-Ur-Ur-Großvaters wollte er dazu haben, mit samt der Ländereien drum herum. Sechstausendfünfhundert Hektar immerhin. Die Empörung darüber war groß und allgemein, wäre doch halb Rügen (fünfzehntausend Hektar Landfläche) mit einem Schlag zur fürstlichen Immobilie veredelt.

Das ist alles lange her. Vergessen ist es nicht. Unser Vermieter schickte ein paar ganz und gar unparadiesische Flüche zum Circus hinauf, als wir ihn auf Franz von Putbus ansprachen.

„Oben im Circus Nummer zehn hat er gewohnt, der feine Herr!"

Für die Frau vom Fischstand, bei der wir Sprotten für unser Abendbrot kauften, war der Fürst nichts weiter als ein Lump.

„Zur Hölle mit ihm!" fluchte sie. „Da soll er bis in alle Ewigkeit schmoren."

Auch der Doorman fluchte, der die herausgeputzte Schönheit des Badehauses Goor bewachte. Sein Fluch galt aber nicht Franz von Putbus, sondern Michael. Michael hatte versucht, eines der frisch restaurierten Fenster im Parterre aufzuschieben. Die Polizei wollte der Mann rufen. Sein Kopf war rot angelaufen. Michaels Dreistigkeit nahm er als persönliche Beleidigung.

Immer wieder schnappte er nach Luft und zischte: „Nein, sowas aber auch!"

Er sagte weder Du noch Sie zu Michael. Er beschimpfte ihn in der dritten Person.

„Er kann doch nicht einfach daherkommen und alles kaputt machen", zeterte der Mann. „So ein Haus ist doch wie ein alter Mensch, da muss er doch Achtung vor haben."

Michael machte sich klein und schmal. Für das Fernsehen habe er alles getan, entschuldigte er sich. Mithin für die Gesellschaft. Jeder müsse doch Elizabeth von Arnim kennenlernen, jenes wundervolle Geschöpf aus englischer Weltlust und pommerscher Ländlichkeit.

„Da oben hat sie gewohnt."

Er zeigte zu den Fenstern hinauf, die bis dicht unter die himmelblaue Kassettendecke reichten.

„Irgendwo dort in der Mitte."

„Und dort drüben hat sie Abendbrot gegessen."

Er rannte zum Ende der Säulenhalle und zeigte zum Ufer hinunter.

„Das filmen wir später. Mit einer Schauspielerin. Wir stellen die Szene nach." erklärte er dem Mann.

In meinen Wangen knirschten die Muskeln, als mir der Mund aufklappte.

„Eh", glaubte ich zu rufen, flüsterte aber nur.

Ich war auf den Boxer hereingefallen. Er hatte Elizabeths Buch gelesen. Nicht nur ein paar Zeilen, die ganzen zweihundertzwanzig Seiten kannte er. Er war ein Scharlatan, war ein Schwindler. Und ein Schauspieler war er obendrein, der den dumm und gleichgültig dastehenden Linden und Eichen eine Vorstellung gab.

„Sie ist noch hier. Ihr Geist, ihr Atem!"

Michael tätschelte ein paar von den dorischen Säulen.

„Spüren Sie sie nicht?" rief er und drückte sein Ohr gegen eine Säule. „Sie ist hier drin."

Der Doorman musterte ihn mit großen, blanken Kuhaugen, über die in rascher Folge Entsetzen und Erschaudern hinweghuschten.

„Sie hat Bücher geschrieben. Viele Bücher. Glauben Sie mir."

Michael hielt sein Ohr noch immer gegen die Säule gedrückt.

„Auch über Rügen und über Lauterbach hat sie geschrieben. Sogar über dieses Haus hier."

Er drehte sich unvermittelt herum und sprang auf den Doorman zu. In dessen Kuhaugen kreisten jetzt Strudel von Panik und Todesangst.

„Cannes, Venedig, Berlin. Alle Festivals warten auf unseren Film!"

Michael rang die Hände. Die gesamte abendländische Kultur stünde auf dem Spiel, wenn er nicht ins Badehaus dürfe. Elizabeth Russell, ehemalige Elizabeth Arnim, ehemalige Mary Anette Beauchamp sei eine Figur von päpstlichem Format, ganz Europa verehre sie, Workshops würden über sie abgehalten, Frauengruppen studierten ihre Schriften, in der Schweiz sei sie sogar eine Art Nationalheilige, und er, Michael, wäre ihr Berichterstatter.

„Lassen Sie mich ins Haus!" stieß er mit letzter Kraft hervor.

„Lasse ich nicht!" stieß der Wächter zurück.

Auch dem Mann ging die Kraft aus. Unbefugten Kameramännern dürfe er keinen Zutritt ins Hotel gewähren, so lautete seine Dienstanweisung, und an die hielte er sich. Er sei ein guter Doorman.

Nach Cuxhaven solle Michael doch fahren und sich dort eine Erlaubnis holen. Michael faltete wieder die Hände. Er war drauf und dran, vor dem Mann niederzuknien. Hundert Mal habe er dort angerufen, habe E-Mails geschickt und Briefe geschrieben, selbst der Berliner Kultursenator sei ihm zu Diensten gewesen.

Nicht zwei Herzen schlugen an diesem späten Julinachmittag in meiner Brust, es waren mindestens fünf. Und zu jedem der Herzen gehörte ein ausgewachsener Wüterich. Und jeder Wüterich hatte nur das eine drängende Bedürfnis, diesem Boxer den Schädel einzuschlagen. Nicht er hatte mit Cuxhaven telefoniert, ich hatte es getan. Ich hatte auch die Exposés geschrieben und die E-Mails und Briefe verschickt.

„Schluss mit dem Theater!" rief ich.

Ich zerrte Michael von dem Doorman und den dorischen Säulen fort. Beinah eine Stunde hatten wir in ihrem grünstichigen Dämmer vergeudet.

„Aber wieso denn?" widersprach Michael laut.

Das Blut in seinen Adern war noch nicht zur Ruhe gekommen

„Ich hatte die ganze Zeit die Kamera an. Wir haben alles im Kasten. Solche Einstellungen kriegen wir nie wieder. Das war irre live!"

„Das war irre bescheuert!"

Ich fuhrwerkte mit dem Drehplan durch die Luft.

„Haus Goor", las ich laut. „Wenig total, dafür aber groß und nah, mit vielen Details, um eine nachdenkliche, entrückte Atmosphäre zu schaffen."

Ich ließ die fünf Wüteriche von der Leine.

„N-a-c-h-d-e-n-k-l-i-c-h!" schnaubte ich. „Und nicht durchgeknallt!"

Ich nickte heftig zum Badehaus hinüber, auf dessen Stufen noch immer der Doorman stand.

„Wir drehen hier keine Fußballerreportage."

Stampfen sollten die Wüteriche und toben.

„Und 'n Boxerporträt wird das auch nicht."

Vier Tage. Die Zeit, die sich so wunderbar leicht gemacht hatte, war wieder da mit ihren Gewichten. Bis Baabe hatten wir an diesem Sonnabend kommen wollen, mindestens aber bis Sellin. Ich klinkte die Kamera vom Stativ und rannte zum Volvo.

„Wo willst du hin?" brüllte Michael mir nach.

Ich wusste keine Antwort und gab auch keine. Weg wollte ich nur. Nach Göhren oder nach Binz, irgendwohin ans offene, tröstende Meer.

Michael war mir mit dem Stativ gefolgt.

„Was hast du denn?" grunzte er böse.

„Nichts", erwiderte ich. „Absolut gar nichts!" Fügte aber schnell hinzu: „Nach Vilmnitz will ich."

Es gibt kaum etwas Alberneres als einen Menschen, dem man die schlechte Laune auf hundert Meter Entfernung ansieht, der aber behauptet, mit ihm sei alles in Ordnung.

„Aber wir haben jetzt Abend! Und durch Vilmnitz ist Elizabeth erst am frühen Morgen gefahren."

„Du weißt ja prächtig Bescheid!"

Ich sah über den Boxer hinweg. Zwischen den Linden und Eichen stand stumm und geduldig die bronzene See.

„Ich bin wirklich nur bis Sellin gekommen", knurrte Michael versöhnlich. „Ich kann Bücher nicht so schnell lesen wie du. Ich bin das nicht gewohnt."

„Was bist du dann gewohnt?" Die fünf Wüteriche kreiselten noch immer in meinem Kopf herum. „Glotze oder was?"

Es ist nicht leicht, das Schweigen eines Fremden zu ertragen. Und ich schwieg. Ich bohrte mich mit harten Augen in das metallene Wasser und ließ Michael mit der Stille allein, die scharf und gläsern von den Bäumen fiel.

„Fahren wir nach Putbus", hüstelte er bald. „Um die Zeit ist Elizabeth doch da durchgekommen. Die Leute hatten beim Abendbrot gesessen, als sie am Circus ihren Kutscher August wiederfand. Erinnerst du dich, wie sie von den Badegästen begafft wurde?"

„So eng müssen wir nun nicht am Original kleben", widersprach ich, nur um zu widersprechen.

„Aber so steht es im Drehplan."

Michael griff nach dem Hefter. Auf Seite acht stand: „Putbus: die abendliche Stimmung einfangen; das Müde, Abgelebte der

Stadt; wie die Leute in den Restaurants und Cafés sitzen und auf die großen Wunder warten, die doch nie geschehen."

Wir drehten bis zum Einbruch der Dämmerung. Während der zwei Stunden wechselten wir keine dutzend Sätze miteinander. Unsere Kommunikation war auf den Stand von Neandertalern zurückgefallen. Höm und Öhh und Thh, viel mehr brauchten wir nicht, um uns zu verständigen.

Höm und Öhh und Thh für den Circus und für die fürstliche Leere des Hauses Nummer zehn.

Höm und Öhh und Thh für den Schlosspark, zwischen dessen Buchen Putbus plötzlich geheimnisvoll wird. Schinderhannes könnte auf seinen finsteren Wegen daherkommen oder Hänsel und Gretel oder Störtebeckers sagenhafte Bande.

Höm und Öhh und Thh für das neue Puppenmuseum und für die alte Orangerie.

Höm und Öhh und Thh auch für das Theater und den ehemaligen Fürstenhof.

Um neun fiel die letzte Klappe. Michael wollte sofort nach Lauterbach zum Hotelschiff zurück. Ich aber hatte genug von Höm und Öhh und Thh und wollte ins Gartenhaus. Wir stritten uns wieder.

„So geht das nicht weiter", rief ich.

Ich redete mit zwei Zungen. Die erste sagte laut: „In Sellin hätten wir längst sein müssen, hängen aber immer noch in diesem verdammten Putbus herum." Und die zweite Stimme sagte leise: Es hat alles keinen Zweck. Das mit der Firma nicht, das mit Birgit nicht und das mit dem Leben nicht.

„Was hast du gegen mich?" kreischte Michael plötzlich. „Nichts mache ich dir recht. Immerzu hast du was zu meckern und zu nörgeln."

Er zog den Kopf ein und drückte die Schultern nach vorn. Ich hob sofort die Hände.

„Gar nichts habe ich."

Meine Stimme zitterte. Michael war Boxer. Er war breit und stämmig. Er hatte Arme so mächtig wie die dorischen Säulen vom Badehaus Goor. Ich konnte es unmöglich auf eine Prügelei ankommen lassen.

„Ich bin ein bisschen gestresst", versuchte ich ihn zu beruhigen.

Vergeblich. Die Wut hatte seine staubigen Augen bereits hart und dunkel werden lassen. Obendrein ballte er ein paar Mal die Fäuste. Wie zur Probe.

„Morgen wird es besser", flötete ich flaumfederweich. „Verspreche ich dir. Es war alles ein bisschen viel heute. Wir müssen uns eben noch einspielen. Als Team."

Ich redete die ganze Fahrt über. Ich redete belangloses Zeug, stellte Fragen, deren Antworten ich kannte, ich redete und redete, damit Michaels Augen wieder hell wurden. Am Lauterbacher Bahnhof stieg ich aus. Ich wolle erst noch duschen, entschuldigte ich mich. Aber statt zur Gartenlaube, lief ich noch einmal zum Badehaus.

Die See lag still und feierlich in der Bucht, als hätte sie mich erwartet. Ich zog mich aus und warf mich in die flach und gemächlich daherkommenden Wellen.

Die Ostsee ist ein Wunder. Jedes Meer ist ein Wunder. Was wäre die Welt ohne ihre strudelnden, zärtlichen Meere. Wie anders sollte man sonst weich, wie versöhnlich werden? Wie sollte man dem Leben seine kleinen und großen Ungerechtigkeiten verzeihen, wenn man sich nicht hin und wieder in diese durchsichtigen Wunder werfen konnte.

Ich schwamm eine halbe Stunde am Ufer der Goor entlang. Als ich zu frieren begann, stieg ich aus dem Wasser, zog mich an und trabte zum Hotelschiff.

Michael begrüßte mich mit lautem Hallo. Das Bier und die Kellnerin hatten ihn wieder fröhlich werden lassen. Tamara kam aus Kasachstan und hatte eine deutsche Urgroßmutter.

„Warum kommst du dann nicht nach Deutschland?" schäumte er bald.

Sein verjüngtes Blut trieb ihm einen rosigen Schauer nach dem anderen über das Gesicht. Das kannte ich. Ich kannte auch den Satz, dass das Mädchen doch den Winter über nach Berlin kommen solle, sie fände dort immer einen Job. Auch das Augenzwinkern kannte ich. Und erst recht kannte ich das immer stachliger werdende Zerren und Ziehen in meinem Nacken.

„Ich würde dir auch helfen", versuchte ich Michael Gekiekse nachzuahmen.

Doch der Mann war nicht zu treffen. Er bestellte eine Lage nach der anderen.

„Das Leben ist viel zu kurz", lachte er. „Ich habe gar keine Zeit, mich zu ärgern."

Noch vor Mitternacht waren wir betrunken. Wir zahlten und schwankten Schulter an Schulter in unseren Garten Eden, wo uns der Herrgott einen tiefen Schlaf und süße, russische Träume schenkte.

Der dritte Tag

KURZ VOR VILMNITZ begegneten wir Anna und Jessica zum ersten Mal. Sie saßen gegen einen Straßenbaum gelehnt. Ihr Winken war mehr ein lässiges Hallo als die Bitte, mitgenommen zu werden.

„Wollen wir?" fragte Michael, als wir auf hundert Meter an die Mädchen herangekommen waren.

Wir fuhren kaum schneller als ein Fahrrad. In beiden Richtungen reihte sich Auto an Auto. Wer den Mut oder die Unverschämtheit besaß, anzuhalten oder nach links abzubiegen, verursachte einen mittleren Verkehrskollaps.

„Nein, wollen wir nicht", brummte ich abwehrend. „Ich kann nicht anhalten und außerdem ist hinten alles voll."

Die Mädchen waren kaum zwanzig Jahre alt. Ich hatte wenig Lust, mir schon wieder das Girren und Schäumen von Michael anzuhören. Um ihm meine Entschlossenheit zu zeigen, versuchte ich, den Wagen zu beschleunigen, vergeblich. Vor uns zockelten ein Wohnmobil dahin, davor ein Campingwagen, davor ein Cabriolet, davor zwei Handwerkerautos und so weiter.

„Magst du keine Anhalter?"

Michaels Frage ging in einem erschreckten Stöhnen unter. Ich musste scharf bremsen und der Mann flog gegen den Holm der Beifahrertür. Auf Rügen hatten nicht nur die Hoteliers Hochsaison, sondern auch die Bauern. Ein Traktorfahrer, der die Straße überqueren wollte, um zum gegenüberliegenden Feld zu gelangen, ließ die kleine Welt der Alten Bäderstraße für ein paar Momente stillstehen.

„Doch, ich mag Anhalter", erwiderte ich.

Es war noch nicht einmal zehn Uhr. Ich war müde, ich hatte Kopfschmerzen, ich wollte nicht diskutieren.

„Doch, doch", wiederholte ich. „Aber vor dem zweiten Frühstück mag ich niemand. Nicht einmal mich."

Michael sah mich von der Seite an. Er musterte meine Hände,
mein Profil, meine Haare. Der Druck seiner Blicke war mir unangenehm.

„Außerdem haben wir noch ein bisschen was zu tun", wehrte
ich sein Glotzen ab.

Wir waren an den Mädchen vorüber. Sie sahen uns ohne Groll
nach. Der Tag war noch jung. Hundert Überraschungen hielt er für
sie bereit und mindestens ebenso viele Autos.

„Na, grad` drum", entgegnete Michael. „Da könnten uns doch
zwei Assistentinnen hübsch nützlich sein. Oder haben sie dir nicht
gefallen?"

Sein amüsierter Tonfall ließ mich stutzig werden. Nicht Neugier hatte ihn eben zu mir herübersehen lassen, sondern schlichter
Spott. Michael machte sich über mich lustig.

„Wir müssen es heute wenigstens bis Binz schaffen", knurrte
ich. „Wir sind total aus der Zeit."

„Ja, ja, die liebe Zeit. Wir haben nicht mehr allzu viel davon,
was Alter?"

Ohne jegliche Vorwarnung, einem Schnaufen oder Auflachen
etwa, schlug mir Michael eine Hand auf die Schulter. Überrumpelt
von seiner plötzlichen Vertraulichkeit und auch ein wenig erschreckt, riss ich das Steuer nach links. Ein Moment schmerzhafter
Stille folgte.

Mögen die Straßen von Rügen vor dreißig oder vierzig Jahren
nur aus Kopfsteinpflaster und Schlaglöchern bestanden haben,
heute sind Rügens Straßen fehlerlos. Bis auf wenige Ausnahmen.
In Vilmnitz war diese Ausnahme ein Streifen originaler Kopfstein-
pflasterung inklusive handtuchgroßem Schlagloch. Bei meinem

Linksschwenk hatte ich das Loch übersehen. Der Bug des Volvos schwebte erst ein paar hundertstel Sekunden in der Luft, um schließlich mit Wucht in die steile Senke zu fallen.

Michael und ich schrien zugleich auf, unsere Köpfe waren aneinandergestoßen. Ihr helles Dröhnen ähnelte dem Glockenläuten, das Minuten später über die Dorfstraße flog.

Hundert Jahre Wissenschaft und Technik haben der Menschheit allerlei Fortschritt beschert. Ob Elektroroller oder I-Phone, die Forscher steckten ihre neugierigen Nasen tief in die Wunder der Materie. Sie klopften mit ihren Hämmern und Spateln auch an das Gemäuer der Vilmnitzer Kirche und fanden heraus, dass sie jünger ist als angenommen. Nicht aus dem zwölften Jahrhundert stammt sie, wie Elizabeth noch in ihrem Reiseführer lesen konnte, sondern nur aus dem fünfzehnten. Sie ist damit beileibe nicht die älteste Kirche der Insel, auch das behauptete Elizabeths Büchlein. In ihrer schlichten Schönheit ist sie nur eine von vielen, die die dänische Christianisierung Rügen beschert hat.

„Die werden da drinnen beim Gottesdienst sein", mutmaßte Michael.

Er zeigte auf die Kirche, die rot und braun zwischen den Kastanien aufflackerte. Die Zweige der Bäume berührten fast die Erde. Sie verwandelten die Dorfstraße in ein geheimnisvolles Gewölbe.

„Oder was meinst du?"

„Ich weiß nicht", antwortete ich knapp.

In mir saß noch immer der Groll, dass Michael gerade erst seinen Spaß mit mir getrieben hatte.

Als hätte er meine Gedanken erraten, erwiderte er: „Komm, vergiss das mit den Mädchen."

Ich prüfte ihn mit einem schnellen Seitenblick. Sein Gesicht war offen und ohne jede Schadenfreude.

„Deswegen lohnt kein Streit."

Er schlug mir wieder eine Hand auf die Schulter, und er tat es wieder ohne jede Vorwarnung.

„Sich zu streiten lohnt nie."

Er hob abermals die Hand, ich duckte mich sofort, doch sein Schlag war jetzt weich und federnd.

„Nur Leute, die unzufrieden sind, streiten gern."

Er hatte seine Hand auf meiner Schulter liegen lassen.

„Und Leute, die viel allein sind", fügte er hinzu.

Mit einem harten Rucken schnippte ich seine Hand fort.

„Ich bin weder unzufrieden noch viel allein." Ich betonte jedes Wort. „Auch wenn ich nicht verheiratet bin und keine zwölf Kinder habe."

Ich fuhr den Kombi bis an die Friedhofsmauer heran. Das Glockengeläut war verstummt. Andächtig sah der hohe Turm über das sonntagsstille Land.

„Ich sprach nicht von dir", antwortete Michael unerwartet ernst.

Sein plötzlicher Stimmungswechsel überraschte mich.

„Von wem dann?" fragte ich.

Nichts passte bei dem Kerl zusammen. Nicht die dünne, fistelige Stimme zu seinen festen Schultern, nicht das Schweigen zu seiner poltrigen Fröhlichkeit und nicht das Blenden und Schauspielern zu seiner Bescheidenheit. Ich wurde aus dem Mann nicht schlau.

„Von niemand", erwiderte er. „Es ist bloß so, dass ich auch keine zwölf Kinder habe."

Erst hielt er den Kopf gesenkt, dann sah er aus dem Fenster, dann zwinkerte er mir zu. Auch das passte nicht zusammen.

„Und wie viele Kinder hast du nun?"

Michael streckte drei Finger.

„Und du?" fragte er nach einigem Zögern.

Ich streckte ihm nur zwei Finger entgegen.

„Von wie vielen Frauen?"

Ich ließ die beiden Finger gestreckt.

„Genau wie bei mir", lachte Michael.

Wir stiegen aus dem Auto. Das Kirchenportal stand offen. Auf seiner Schwelle lag eine große, gelbe Katze und blinzelte uns zu.

Willkommen, murmelten ihre Augen.

KURZ VOR SELLIN begegneten wir Anna und Jessica zum zweiten Mal. Sie saßen wieder gegen einen Straßenbaum gelehnt. Anna hatte ein Reklamefähnchen einer Eisfirma in der Hand und winkte nach uns.

„Sieh` mal da vorn", rief Michael.

Er fuhr jetzt den Volvo und hatte die Mädchen als erster entdeckt. Er drosselte sofort die Geschwindigkeit.

„Wollen wir?"

Er sah mit kurzen, prüfenden Blicken zu mir herüber.

„Aber wir haben ja keinen Platz mehr hinten, nicht wahr?" verbesserte er sich sofort.

Es war Mittagszeit. Ich hatte mein zweites Frühstück verpasst, ich hatte noch immer Kopfschmerzen, vor allen Dingen aber hatte ich nicht die geringste Lust, mit Michael schon wieder über Anhalter zu diskutieren, und so antwortete ich: „Haben wir schon. Wir müssen unser Zeug nur ein bisschen zusammenschieben."

Michael gab den Mädchen sofort ein Lichtzeichen, bremste und hielt in einer Grundstückseinfahrt.

„Hi", begrüßte er sie.

„Hi", antworteten die beiden.

Anna und Jessica kamen aus Rottweil im Schwarzwald, wohnten jetzt aber in Berlin. Sie waren Studentinnen und hatten Rügen im vorigen Jahr entdeckt. Es sei arg toll hier, wiederholten sie immer wieder. Viel natürlicher und authentischer als Amrum und Fehmarn, zwei andere Inseln, die sie bereist hatten. Michael nickte stolz. Er wisse, wovon sie redeten, fahre er doch seit seiner Kindheit nach Rügen. Mit einer Ausnahme allerdings, fügte er hinzu. Gleich nach der Wende sei er auf Mallorca gewesen. Die Gesichter der Mädchen schrumpften sofort zu sauren Äpfeln zusammen.

„Mit den Betonburgen dort ist es arg schlimm, gell?"

Michael wackelte mit dem Kopf.

„Ooch", antwortete er gleichmütig. „Hochhäuser machen mir nichts aus. Ich wohne ja in einem."

„Also, ich könnte da keinen Urlaub machen. Das wäre der totale Horror für mich."

Annas Stimme vibrierte vor Verachtung.

„Wenn ich mir vorstelle, die vielen Leute?! Und alles so fremdbestimmt."

Jessica wurde von der gleichen Verachtung geschüttelt.

„Genau", schnaufte sie. „Richtig entmündigt wirst du dort. Grad` wie beim Militär."

„Ooch", wiederholte Michael. „Das hält man aus. Auf Rügen kannst du auch nicht machen, was du willst."

Er wies mit einem vergnügten Nicken nach vorn. Wir hatten den Ortseingang von Sellin erreicht. Vor einer Eisenbahnschranke mussten wir halten.

„Da hast du deine Fremdbestimmung", schmunzelte er.

Ein Zug kam von Putbus herangestampft. Kleine, weiße Wolken markierten seinen verschlungenen Weg.

„Was ist das?" riefen die Mädchen aufgeregt.

Sie hatten die Kleinbahn noch nie gesehen.

„De Lütt-Bahn", erklärte Michael. „Aber so nennen sie nur die Einheimischen. Die Fremden sagen Rasender Roland zu ihr. Vor allem die Sachsen. Die haben ihr auch den Namen verpasst. Zu DDR-Zeiten noch."

Sein Schmunzeln war breit und wichtig geworden.

„Die Bahn wurde einst für die Landgüter gebaut." erklärte er. „Damit die ihr Korn und ihre Rüben abfahren konnten. Deshalb fährt sie auch so im Zick-Zack. Jedes Nest brauchte halt..."

Der Zug war heran. Den Rest des Satzes blies ihm das Schnauben der Lokomotive von den Lippen.

„Wo ist denn in Sellin der Bahnhof?"

Anna hatte sich vorgebeugt. Ihre plötzliche Nähe ließ Michael zusammenzucken.

„Da, da vorn", stotterte er.

Er klopfte mit dem Zeigefinger gegen die Windschutzscheibe.

Für Autofahrer ist der Selliner Bahnhof nichts weiter als ein kleiner roter Fleck aus Backstein und grünem Fachwerk. Sie müssen auf die Stoßstange ihres Vordermannes achten, und schrumm, sind sie auch schon an dem ansehenswerten Häuschen mit der offenen Veranda vorüber.

Rügen hat Konjunktur. Nicht nur die Straßen, Radwege und Bürgersteige sind überfüllt, der Selliner Bahnhof ist es auch. Eine halbe Hundertschaft von Schaulustigen erwartete mit Smartphones und Videokameras die Ankunft des Rasenden Rolands.

Wir trafen noch vor dem Zug am Bahnhof ein. Michael hatte kaum die Handbremse angezogen, da sprangen die Mädchen auch schon aus dem Auto. Sie tuschelten kurz und liefen dann, ohne uns weiter zu beachten, die paar Schritte zum Bahnhof. In ihrem Köpfedrehen und Ausschauhalten steckte eine Unruhe, als wären sie gerade aus dem Gefängnis entwischt und nur der Rasende Roland könne sie vor Polizei und erneuter Gefangennahme retten.

„Wollt ihr denn mitfahren?" rief erst Michael.

Dann rief ich: „Wollt ihr denn mitfahren?"

Als wir die Mädchen erreicht hatten, drehten sie sich langsam herum und sahen uns an, als begegneten sie uns zum ersten Mal.

„Natürlich wollen wir."

Sie musterten uns mit ernsten Augen. Doch dann lachten sie plötzlich schallend auf, als wäre ihnen ein großartiger Witz gelungen.

Unter Fauchen und Stampfen kam der Rasende Roland heran. Die halbe Hundertschaft klatschte beim Anblick der militärgrünen Wagen in die Hände.

„Nehmen wir auch ein paar Aufnahmen mit?" fragte Michael.

„Das werden wir nicht schaffen", erwiderte ich. „Die Bahn fährt gleich weiter."

Ich runzelte die Stirn. Der Schaffner hatte sich bereits die Trillerpfeife zwischen die Lippen gesteckt und blickte Achtung heischend an den Waggons entlang.

„Wir können ja alles in Göhren oder Binz nachholen", fügte ich hinzu. „Dort gibt es auch die größeren Bahnhöfe."

Der Pfiff des Schaffners unterbrach mich. Gleich darauf setzte sich der Zug in Bewegung.

Ich verstand das: „Hallo, ihr da", nicht sofort."

Als ich mich umdrehte, war der letzte Wagen gerade an Michael und mir vorübergerumpelt. Hinten auf der Plattform standen Anna und Jessica und winkten uns zu.

„Hallo, ihr da!" riefen sie noch einmal.

Die Überraschung riss uns Arme und Hände empor.

„Hallo, ihr da", riefen wir zurück.

Als der Zug in einer Kurve verschwunden war, kletterten wir wieder ins Auto. Michael steckte den Zündschlüssel ins Schloss, Sekunden später fegte unser enttäuschtes Motorengeheul auf den Selliner See hinaus.

ÜBER BAABE hing ein schmieriger, milchweißer Himmel, als wir am Nachmittag dort eintrafen (wir hatten in Sellin noch einen Nachfahren von Hans Knospe interviewt, einem Fotografen, der seine Lehre vor dem Ersten Weltkrieg begonnen hatte und in dessen Archiven wir Bilder von Elizabeth von Arnim zu finden hofften).

„Halt an", bat ich.

Michael fuhr mit langsamer Fahrt die Strandstraße hinunter, die abrupt an einer hüfthohen Mauer endet. Am Horizont zeigten sich erste Regenwolken, ein Gewitter war im Anmarsch.

„Ich kriege wieder Kopfschmerzen."

Ich wälzte mich aus dem Auto und ging auf die Mauer zu (zwei anstrengende Stunden hatten wir in den Archiven von Hans Knospe zugebracht. Einem bemerkenswerten Mann, den das Auf und Ab des Lebens durch alle Fegefeuer der neueren deutschen Geschichte getrieben hatte).

„Willst du baden?" fragte Michael.

„Ich weiß nicht", stöhnte ich.

Ich hob den Kopf. Hinter der Mauer wölbte sich das kreidige Meer. Ebenso schmierig wie der Himmel war auch die Luft in Baabe. Alles klebte zusammen und wurde eng und klein. An nichts konnte man seine Blicke hängen, konnte nirgendwo seine Augen ausruhen lassen. Baabe, das sind ein paar brave Kiefern, zwischen denen brave Häuser stehen und seit ein paar Jahren auch brave Hotels.

„Nein, hier will ich nicht baden."

Ich stieg wieder ins Auto, klappte die Lehne zurück und schloss die Augen. Das Ostseebad Baabe sollte in meiner Erinnerung als großer, milchweißer Fleck eingehen. Und genau das geschah.

GÖHREN stammt aus dem Slawischen, ist von gorna abgeleitet und bedeutet bergig. Und bergig ist Göhren auch. Unentwegt geht es auf und nieder, genau wie im Gebirge. Und genau wie im Gebirge steht die Kirche auch auf einem kleinen Hügel. Der doppelte Turm ist nicht ihr einziges Kuriosum. Auf den schmucklosen, nur aus Ziegelsteinen bestehenden Altar ist eine Kreuzigungsgruppe eines Südtiroler Holzschnitzers gesetzt. Aber nicht Maria und Johannes beweinen den an Gott zweifelnden Jesus, sondern ein Fischerpaar aus dem nahegelegenen Mönchgut.

Im Mönchgut hatte Michael einst gleich zwei Freundinnen gehabt. Zur selben Zeit. Die eine hieß Katharina, war Lehrerin und hatte in Groß Zicker gewohnt. Die andere hieß Susann, sie war Katharinas Freundin und verkaufte Brot und Brötchen in einem Supermarkt in Thiessow.

„Kaufhalle hieß das aber damals", erklärte Michael. „Da arbeitete auch Katharinas Schwester. So 'ne kleine Zierliche. Die gefiel mir eigentlich am besten. Aber sie war streng kirchlich und einen Freund hatte sie außerdem."

Wir standen am Bahnhof, der sich schmal und verschämt gegen die Göhrener Berghänge drückt, und waren dabei, die Kamera aufzubauen. Die Einstellung vom Rasenden Roland fehlte uns noch.

„Das Knallen und Zischen der Lokomotive. Ihre Altertümlichkeit, die in jedem Erwachsenen Sehnsucht nach Kindheit und Schaukelpferd weckt." Drehplan Seite elf.

„Bist du bei so vielen Frauen nicht durcheinandergekommen?" fragte ich ohne Interesse.

Michael öffnete den Mund, war aber plötzlich von einem Maschinisten abgelenkt, der mit einem riesigen Schraubenschlüssel unter die Lokomotive kroch, und vergaß das Antworten. Mir war es recht. Ich hatte noch immer Kopfschmerzen. Sollte Michael hundert Frauen auf Rügen gehabt haben, fromme und ungläubige, hässliche und schöne. Ich gönnte sie ihm alle.

„Komm", rief er unvermittelt.

Er griff nach dem Stativ und der Kamera und stolperte, von der plötzlichen Last ungelenk und schwer geworden, über die Gleise.

„Warte doch", rief ich ihm nach.

Michael aber hatte es eilig. Er wollte zum Lokschuppen hinüber, der etwas abseits vom Bahnhof steht.

„Von dort haben wir die bessere Perspektive." Er nickte mehrmals in Richtung des Schuppens. „Wir nehmen alles von links auf."

Seine einstigen Geliebten waren nun völlig aus seinem Kopf heraus. Er hob einen Zeigefinger und hielt mir zwischen Akkuwechsel und Ziehen der Tiefenschärfe einen Vortrag. Unser gesamter Organismus habe eine Linksdominante, erklärte er mit kurz gewordenem Atem. Links säße das Herz, links würden wir zu lesen und zu schreiben beginnen und vor allem hätten wir auf der linken Kopfseite nicht nur die größere, sondern auch die denkende und analysierende Hirnhälfte. Und deshalb solle der Zug von links ins Bild fahren.

Ich verdrehte die Augen.

„Und wann gehen wir endlich schwimmen?" keuchte ich mit nicht minder kurz gewordenem Atem.

Von den Hängen floss eine klebrige Hitze herab, die alles Blut in Aufruhr brachte. Mein Blut, Michaels Blut, das Blut der Passagiere. Wieder waren es Scharen von Rentnern, die sich unter lauten Erschöpfungsschreien in die Waggons schubsten.

„Der Zug fährt ja gleich."

Michael tippte auf seine Armbanduhr. Er hatte kurze, breite Hände, deren Oberseite ein heller Flaum überzog.

„Die paar Minuten musst du noch aushalten."

Der Kopfschmerz war ein heißes Bläschen kurz über meiner Nasenwurzel. Unentwegt klopfte und blubberte es. Ich verzog das Gesicht, drückte mir beide Daumen auf die Stirn und begann sie zu massieren. Für Momente verschwand der Schmerz. Er kehrte aber sofort zurück. War noch heißer, noch stechender jetzt.

„Hast du oft Kopfschmerzen?" wollte Michael wissen.

Ich nickte. Michael wurde nachdenklich. Er musterte mich lange und ohne jede Scheu.

„Du rauchst zu viel", sagte er halblaut. „Das ist nicht gut für dich."

Er griff nach meinem linken Handgelenk und maß meinen Pulsschlag. Er hatte jetzt nicht nur seine Mönchguter Geliebte vergessen, sondern auch die Kamera und den Rasenden Roland.

Der schwitzende, nur mit einer Latzhose bekleidete Maschinist kam unter der Lokomotive hervorgekrochen und zeigte dem Lokführer seinen gestreckten Daumen. Der Fehler war behoben, die Bahn konnte abfahren.

„Wo sitzt denn der Schmerz?" fragte Michael.

Ich tippte gegen meine Stirn. Michael musterte mich erneut. Er legte mir seine kurzen Hände in den Nacken und murmelte irgendetwas.

„Ich verstehe dich nicht", erwiderte ich mit aufkeimendem Groll. Mir wurde sein Gegrapsche zu viel. Ich wich einen Schritt zurück und meinte: „Ich bin schon okay."

„Denke ich nicht." Michael schüttelte seinen Kopf. „Dazu hast du viel zu entzündete Augenlider."

Er nannte mich zum ersten Mal beim Vornamen.

„Entzündete Augenlider habe Ich immer", widersprach ich grob.

Es wurde sofort still zwischen uns. Michael sah zum Lokschuppen. Ich sah zum Bahnhof hinüber. Dann knallte es irgendwo laut und dröhnend. Vielleicht war in der Nachbarschaft eine Gasleitung explodiert oder ein Pulk Autos ineinander gerast. Vielleicht war auch ein Flugzeug abgestürzt oder die vier apokalyptischen Reiter waren mit Pauken und Trompeten über Göhren hergefallen.

„Willst du eine Tablette haben?" fragte Michael, als ihm das Reiben der Stille zu groß wurde.

Ich sagte ja, ich schluckte die Tablette, sie stammte aus Irland, wo Michael im vergangenen Sommer Urlaub gemacht hatte. Er erzählte mir mit hastiger Stimme eine Geschichte, ich aber hörte nicht zu. Wunder sollte die irische Pille an mir vollbringen. Doch sie schmeckte nur bitter und lag mir noch lange im Schlund.

Inzwischen waren alle Passagiere in den Zug geklettert, der Schaffner gab dem Lokführer ein Zeichen und der Rasende Roland setzte sich in Bewegung.

Michael drückte die Aufnahmetaste. „Das wird gut!" jubelte er. „Das wird verdammt gut!"

Er winkte nach mir. Für ihn war die Welt wieder laut und fröhlich geworden. Nicht aber für mich. Ich teilte mich abermals. Der eine beugte sich über das Display der Kamera, während der andere hinter dem Zug herrannte und mit gewaltigem Satz auf die Plattform des letzten Wagens sprang. Nach Kreta ging die verwegene Fahrt oder nach Indien. Vielleicht ging sie auch nur bis ins nächste Dorf. Mit dem Glück ist es wie mit dem Hasen und dem Igel. Jagt man ihm nach, ruft es nur immerzu: Hier bin ich schon gewesen.

Ein klitzekleines Wort genügte, um mich wieder nach Göhren zurückzuholen.

„He!" herrschte Michael einen Jungen an, der vor der Kamera stehengeblieben war. Der Bengel gefährdete seine klassische Einstellung. Ganz vorn wie ein Rahmen die rußige Wasserpumpe, im Hintergrund das buschige Grün der Berghänge und im Mittelgrund der Rasende Roland. Gewaltige Dampfwolken ausstoßend und von links ins Bild fahrend.

Michael bückte sich nach einem Kieselstein und hätte den Stein auch geworfen, wäre ich ihm nicht in den Arm gefallen.

„Lass gut sein!" jappte ich. „Die Einstellung haben wir doch im Kasten."

So freundlich ich nur konnte, nickte ich zu dem Jungen hinüber. Nichts weiter als Unschuld spiegelte sich in dessen hellen Augen. Der Junge sah eine ganz andere Welt. Seine Bilder zerteilten sich nicht in Hintergrund und Vordergrund, mit und ohne Rahmen. Ein Zug fuhr davon. Das war alles, was er sah. Ein kleiner, niedlicher Zug mit kleinen, niedlichen Wagen. Spielen würde er gern mit ihnen oder sich auf die zischende Lokomotive setzen.

Michael hielt den Kieselstein noch immer in der Hand. Sein Mund war ein dünner Strich und von rechts oben lief eine Kerbe über seine Stirn. Jetzt war ich es, der das Reiben der Stille nicht ertrug.

Ich drückte ein paar Tasten und beugte mich erneut über das Kameradisplay. Von links kam der Rasende Roland über das Monitorbild gefahren. Ich schnalzte mit der Zunge.

„Mann!" rief ich mit falscher Begeisterung. „Das ist genau auf den Punkt gedreht."

Ich schnalzte noch einmal. Da gab Michael seinen Widerstand auf, er warf den Stein fort und augenblicklich belebte sich sein Mund. Er wurde wieder rot und voll.

„Meinst du?" fragte er unsicher.

„Aber ja", rief ich. „Das ist perfekt!"

Da war auch die Kerbe von seiner Stirn verschwunden.

„Das ist deine beste Einstellung!"

Jeder Mensch braucht hin und wieder Lob und Ermunterung, um die großen und kleinen Löcher in seiner Seele zu stopfen. Und so sagte ich gleich ein zweites Mal: „Wirklich, das ist deine beste Einstellung bisher. Die nehmen wir als Intro."

Der Trick funktionierte. Das staubige Grau, das sonst immer auf Michael Augen lag, verschwand und machte einem dankbaren Glitzern Platz. Vier Mal sah er sich die Szene an. Vier Mal ganz vorn wie ein Rahmen die rußige Wasserpumpe, vier Mal hinten das buschige Grün der Berghänge und vier Mal im Mittelgrund der Rasende Roland.

„Nun reicht es aber", stöhnte ich bald.

Die irischen Tabletten hatten ihr Wunder vollbracht und meine Kopfschmerzen vertrieben. Ich wollte schwimmen gehen.

„Kommst du mit?" fragte ich.

Michael nickte, sagte: „Gleich, gleich", konnte sich aber nicht von der Kamera lösen.

Wie verwachsen war er mit der Maschine. Offenbar hatte er in diesem Sommer viele Löcher zu stopfen. Eine einsame Arbeit, für die nur wenige als Helfer taugen. Am allerwenigsten mürrische Assistenten, die mit sich und der Welt im Unreinen sind. Das leuchtete mir ein, und so sagte ich: „Ich gehe schon mal vor."

Ich hob beide Hände, halb zum Gruß, halb zur Entschuldigung, wir verabredeten eine Stelle in der Nähe des Buskam am Steilufer, und ich trabte davon. Die Schwalben flogen so hoch wie eh und je unter dem schweren Himmel dahin. Das Gewitter ließ sich Zeit, ich hatte keine Eile.

Es war noch wärmer geworden. Wie ein unbeweglicher Rauch stand die Gewitterluft über der Bucht. Es gab keinen Horizont mehr, die Hitze hatte Himmel und Wasser zu einem dünnen Sirup zusammengekocht.

Kaum war ich von der Strandpromenade herunter, zog ich mir die Kleider vom Leib und lief in Unterhosen weiter. Östlich der Seebrücke gab es nur wenige Badegäste. Sie dösten in ihren Strandkörben dem Gewitter entgegen oder waren gerade beim Aufbrechen und nahmen keinen Anstoß an meinem Aufzug.

Die ersten Steine tauchten auf, kleinere erst, dann größere. Sie waren braun und schwarz gefleckt und sahen wie freundliche Tiere aus, die sich auf ein Nickerchen ans Meer gelegt hatten. Auf so einem Stein, einem prallen Kloß mit schiefer Nase und schiefem Maul, legte ich Hemd, Hose und Schuhe ab.

Ich sprang nicht einfach ins Wasser, ich stürzte mich hinein, kopfüber und mit einem jauchzenden Schrei. Ich tauchte, prustete und tobte. Ich riss das Meer an mich, stieß es fort, streichelte, küsste es. Als der Rausch vorüber war, schwamm ich zum Buskam hinaus. Ich schwamm mit langen, gleichmäßigen Zügen. Jeder Muskel meines Körpers summte vor Wohlbehagen.

Buskam stammt ebenfalls aus dem Slawischen, ist von bogis kamen abgeleitet und bedeutet Gottesstein. Der Koloss ist der größte Findling an der vorpommerschen Ostseeküste. Auf dem eintausendsechshundert Tonnen schweren Ungetüm fänden zwei Dutzend Menschen Platz, wenn sie denn wollten. Aber es will niemand (mit Ausnahme von ein paar Möwen). Vor hundert Jahren, vielleicht auch etwas mehr, war das einmal ganz anders gewesen. Da war es für jedes jungvermählte Paar der Umgebung ein Muss, auf dem platten Gneisklotz zu tanzen und herumzuspringen, damit jener slawische Bogis sie reich und fruchtbar mache.

Ich versuchte erst gar nicht, auf dem Buskam zu klettern. Meine Fruchtbarkeit genügt mir. Zwei Mädchen hatte ich zu diesem Erdendasein verholfen, das war solider, europäischer Durchschnitt. An großen Reichtümern war mir ebenso wenig gelegen. Ich lebte in einem Ein-Zimmerappartement mit Klappbett und Schrankwand. Wo sollte ich da mit all` den Kostbarkeiten hin? Mit den Armani-Hemden und den Cartier-Uhren? Sollte ich sie ins Wäschefach stopfen oder im Bettkasten verstecken? Mit dem Reichtum ist das eine zwiespältige Sache. Die eine Hälfte des Tages verbringt man damit, ihn zu tarnen und zu verbergen, nur um sich in der anderen Hälfte mit Grübeleien zu quälen, wie man ihn am effektvollsten präsentieren und in Szene setzen kann.

Das eine wie das andere ist mir zu anstrengend, und so umrundete ich den Buskam nur und schwamm wieder ans Ufer zurück. Dort war Michael gerade dabei, sich auszuziehen. Auch er sprang nicht einfach ins Wasser. Er stürzte hinein, kopfüber und mit einem jauchzenden Schrei. Er tauchte, prustete und tobte. Ich winkte ihm zu, er winkte zurück. Unser Freudengeheul füllte die ganze nördliche Bucht.

„Du schwimmst gut", kam er auf mich zu.

In seinen Augen glitzerte es noch immer.

„Ach", wehrte ich sein Lob ab. Ich spürte Grund unter den Füßen und richtete mich auf. „Das täuscht."

Michael schwamm neben mir her. Er drehte sich auf den Rücken und fragte: „Du hast mal richtig trainiert? In einem Verein, nichtwahr?"

„Habe ich nicht."

Ich wollte an Michael vorbei. Doch der schnellte mit einem Arm hoch und hielt mich an der Hand fest.

„Los, gib es zu!"

Er richtete sich ebenfalls auf. Ich versuchte ihn abzuschütteln, doch Michael hatte schon meinen linken Ellenbogen gepackt.

„Du warst mal Schwimmer!"

„Quatsch war ich."

Michael kam noch näher. In seinen Mundwinkeln hockte ein verschlagenes Grinsen.

„Sieh an, sieh an. Unser Schmetterling war auch nur eine Raupe gewesen."

Er rüttelte an meinen Armen. Und er tat es mit sichtlichem Vergnügen.

„Lass los!" schnaufte ich.

„Lass ich nicht", kicherte Michael.

Er spannte seine Muskeln und fasste noch fester zu. Dann hob er mich empor, irgendwie. Dann wirbelte er mich durch die Luft, irgendwie. Und dann landete ich irgendwie auch in den Wellen. Ohne Jauchzen und ohne Schrei. Ich plumpste nur einfach hinein.

Sofort gerieten die Elemente über Göhren in Aufruhr. Wasser schäumte auf, Winde wälzten heran und zwischen den Wolken entluden sich mächtige Blitze.

Von Angst gepackt, stürzten die letzten Badegäste ihren sicheren Behausungen entgegen. Am Strand blieben nur die Steine zurück. Sie glichen noch immer freundlichen Tieren. Michael und ich glichen einem zerstrittenen Ehepaar. Schweigend saßen wir am düster gewordenen Ufer. Ich rauchte, Michael spielte mit Kieselsteinen. Zeit kam, Zeit ging, wir nahmen keine Notiz von ihr. Ein paar Mal donnerte es, ein paar taumlige Tropfen fielen, dann war das Gewitter auch schon vorüber.

„Was machen wir jetzt?"

Vom langen Schweigen war Michaels Stimme noch fisteliger geworden. Er räusperte sich ein paar Mal

„Noch eine rauchen", antwortete ich.

Ich setzte ein Klümpchen Rotz in den Sand, steckte mir ein Zigarillo in den Mund, sah zu, wie das Klümpchen zu einer schaumigen Erbse zusammenlief und wartete auf eine Antwort. Doch Michael gab keine. Er spielte weiter mit seinen Kieselsteinen. Eine ganze Pyramide hatte er vor sich aufgeschichtet.

„Willst du auch?"

Ich hielt ihm die Schachtel mit den Zigarillos hin.

Meine Frage ritzte wieder eine Kerbe in seine Stirn.

„Nein", antwortete er. Er hüstelte sogar: „Ich rauche nicht. Ich bin doch Sportler."

Die Kerbe vertiefte sich noch. Wie ein Ausrufezeichen stand sie ihm im Gesicht. Gerade deswegen rauche ich ja, wollte ich erwidern, schwieg aber. Mit Worten ist es manchmal wie mit unreifen Äpfeln. Beißt man vor ihrer Zeit in sie hinein, schmecken sie sauer und liegen einem lange im Magen. So verschluckte ich denn den Satz und verschluckte gleich noch einen zweiten und dritten.

Wieder kam Zeit, wieder ging sie. Bis ich sagte: „Ich war auch mal Sportler."

Michael nickte nur, nahm ein paar Steine von seiner Pyramide und warf sie über das Wasser. Damit hatte ich nicht gerechnet. Aufschreien sollte er, sollte: Das gibt es ja nicht! schreien, oder mir wenigstens eine Hand auf den Rücken schlagen. Doch er nickte nur ein zweites Mal, sah mich kurz an und seufzte. Er hatte mein Schweigen verstanden. Auch damit hatte ich nicht gerechnet.

Ich bemerkte sie nicht gleich. Sie kam ganz leis` über meinen Rücken geschlichen, so eine pelzige Wärme, die Herz und Kopf weit macht. Ebenso leise hoben sich auch meine Mundwinkel. Sie hoben sich hoch und immer höher. Es zog und zuckte in meinem Gesicht. Und dann grinste ich. Aber ich grinste nicht allein. Die Steine um mich herum, die kleinen und die großen, die braunen und die schwarzen, alle grinsten. Auch der Buskam grinste und das Steilufer. Über Göhrens Höhen hatten sich betrunkene Elfen eingefunden, die mit ihrem ausgelassenen Tanz die Welt verzauberten.

Nein, sowas aber auch, dachte ich und warf einen Kieselstein in die Luft. Die Elfen übersahen den Stein, es wurde keine Schwalbe daraus. Ich musste trotzdem lachen. Der Dunst über dem Meer begann sich zu lichten. Von Binz kam ein Schiff herangestampft, auch das grinste. Da musste ich noch lauter lachen. Michael stimmte in mein Lachen ein. Er sah das Grinsen, sah die Elfen und den lachenden Buskam. Er sah all die Wunder. Auf einmal wusste ich es.

Als wir wieder zur Ruhe gekommen waren, fragte er ein zweites Mal: „Was machen wir jetzt?"

„Eine rauchen", wiederholte ich.

Unser Lachen spritzte erneut zu dem Dampfer hinüber. Der Gewitterdunst hatte sich aufgelöst. Von Südwest fächelte ein heiterer Wind frische nach Wald und Moos riechende Luft über die Klippen.

Doch in der Luft war noch ein anderer Geruch. So ein saures Gebräu aus Staub und Vergänglichkeit. Es war der Geruch des Abends. Er macht unruhig und nervös, wenn man keine Bleibe hat. Und wir hatten keine. Also brachen wir auf und liefen zum Bahnhof zurück, wo noch immer der Volvo stand. Auf dem Wege dorthin kamen wir an einem Eiscafé vorbei. Einem bescheidenen Häuschen auf einer Anhöhe, mehr Baracke als Haus.

Auch dort hatte Michael einmal eine Freundin gehabt. Ein Schaukampf seines Sportvereines hatte ihn nach Göhren geführt.

Siebzehn war er gewesen und Vize-Europameister der Junioren. Nach dem Kampf, er hatte gegen einen Polen geboxt, war die gesamte Mannschaft Eis essen gegangen. Zwölf seien sie gewesen, erzählte Michael. Darunter ein Weltmeister und er allein habe die Kellnerin herumgekriegt.

Durch die Erinnerungen belebt, lief er immer schneller. Ich ließ ihn laufen. Irgendwas stimmte mit der Geschichte nicht, stimmte mit all` seinen Frauengeschichten nicht. Aber ich wusste nicht was. Es war nicht die äußere Wahrheit, die Wirklichkeit der Namen und Orte. Es war etwas anderes. Die Art zum Beispiel, wie Michael erzählte. So beiläufig, als wäre er immer wie nebenher an die Mädchen geraten.

Und überhaupt. Warum erzählte er mir die Geschichten? Wollte er prahlen und mich beeindrucken? Aber Michael war kein Aufschneider. Er war im Grunde ein schüchterner, zumindest aber ein zurückhaltender Mensch. Oder waren es schlicht sentimentale Launen, die ihn so redselig machten?

Ich blieb stehen und sah zu der Baracke hinüber. Wieder einmal wurde ich aus dem Mann nicht schlau.

So ein Haus ist ein gieriges Wesen. Eine Geschichte nach der anderen verschlingt es und gibt sie nicht wieder her. Kein Bitten hilft und kein Betteln und auch kein Kratzen an der weiß und blau getünchten Fassade. Nur Farbe bringt der Versuch ein und einen Brocken Mörtel unterm Fingernagel.

„Was machst du da?" wunderte sich Michael.

„Ach, nichts" stotterte ich.

Wie ein verklemmter Spanner kam ich mir vor, dessen Gafferei entdeckt worden war.

„Die haben hier so einen komischen Lack dran", wich ich aus. „Das muss Acrylputz sein. Ich habe da mal was gelesen. In einem Heimwerker-Magazin."

Ich erzählte ihm eine Geschichte und auch die war nicht wahr. Michael ging auf mein Manöver ein, bis zum Bahnhof unterhielten wir uns über neuartige Fassadenfarben. Mein Lügen erkannte er nicht und wollte es wohl auch nicht erkennen. Erst als er die Handkamera aus dem Auto hob, fragte ich: „Hast du sie eigentlich geliebt?"

„Wen?" fragte Michael zurück.

Seine dunkel werdenden Augen ließen mich zögern. Dann sagte ich aber doch: „Na, deine vielen Frauen hier auf der Insel."

Statt zu antworten, schob er mich barsch zur Seite, schlug die Autotür zu und marschierte los, ohne weiter auf mich zu achten. Nach ein paar Metern blieb er stehen, drehte sich abrupt herum und sagte mit harter Stimme: „Du hast keine Ahnung, wie das im Osten gewesen war. Da gab es nicht an jeder Ecke eine Pension oder ein Hotel. Wenn du wo übernachten wolltest, im Urlaub oder so, musstest du ein Zelt dabeihaben oder dir halt ein Mädchen suchen."

Ich hätte ihm sofort sagen müssen, dass ich mein Abitur 1984 in Potsdam gemacht habe, brummelte aber nur: „Das wusste ich nicht."

Ich vermied es, Michael anzusehen, aus Furcht, er würde mein falsches Spiel erkennen. Ich lief mit gesenktem Kopf hinter ihm her und fühlte mich immer erbärmlicher. Ich wurde auch immer langsamer. Kurz vor der Strandstraße drehte sich Michael abermals nach mir um.

„Was ist los Sportler? Machst du schlapp?"

Er blieb stehen und musterte mich mit einer Mischung aus Verärgerung und Sorge.

Als er nach meinem linken Arm fassen wollte, wehrte ich ihn mit einem kurzen Schlenker ab und erwiderte: „Nein, nein, mit mir ist alles in Ordnung."

Zum Beweis setzte ich mich auf eine Bank, zog Elizabeths Büchlein aus meiner Umhängetasche und begann laut vorzulesen: „Der Himmel war von zartem Grün und von Osten her zog die Nacht hinter einem kalten, schwarzen Vorhang von Wolken heran."

Elizabeth war mit Zofe und Kutscher am späten Abend in Göhren eingetroffen. Wie wir war sie vor einhundertfünfzehn Jahren in stiller Einfalt auf die Insel gereist, ohne für ihr Unterkommen zu sorgen.

„Lauterbach war fast leer gewesen", schrieb sie. „Mit der aufgeklärten weiblichen Logik schloss ich daraus, auch Göhren werde viel Platz für uns haben. Jedoch, es hatte keinen."

Auch für uns hatte Göhren keinen Platz. Zwar gibt es Hotels und Pensionen zu Hauf, doch die sind nicht nur teuer, sie sind in der Sommersaison auch bis auf das letzte Bett ausgebucht.

Ebenso ratlos wie verlassen liefen wir durch das bergige Dörfchen und taten, als würden wir das zarte Grün des Himmels und das frische Weiß der Häuser (mit ein paar Ausnahmen in elegantem Perlgrau) genießen. Die Häuser heißen wieder „Germania", „Undine" und „Minerva", in ihren nicht minder eleganten Boutiquen wird Joop und Burberrys feilgeboten und in den Restaurants und Cafés sitzen Angestellte, Beamte und Selbständige mit überdurchschnittlich hohem Einkommen und überdurchschnittlich hohem Bildungstand.

Zu diesem Forschungsergebnis sind Wissenschaftler der Wilhelm-Universität im westfälischen Münster gelangt. Die Forscher haben noch mehr herausgefunden. Zum Beispiel, dass die Oberamtmänner und Studienrätinnen nach Göhren nicht nur zum Baden kommen, sondern auch zum Wandern.

„Denn ich glaube, der Ort ist wirklich schön", las ich weiter. „Jeder Ort mit so viel Meer und so viel Wald muss schön sein."

Michael unterbrach mich mit einer energischen Handbewegung. Am Straßenende hatte er ein Cabriolet entdeckt. Es war knallgelb, hatte breite Sportreifen und kam mit gemächlicher Fahrt auf uns zugerollt. Hinter dem Steuer saß eine Frau, erkannten wir bald, die ihr graues Haar kunstvoll mit einem Seidentuch aufgesteckt hatte. Eine Sanitätsrätin aus Detmold, Dresden oder Buxtehude.

Ein paar knappe Handgriffe an der Kamera und Michael war die nächste klassische Einstellung gelungen. Im Vordergrund die königsblauen Stiefmütterchen, in der Mitte das gelbe Cabrio, hinten groß und erhaben das Weiß der Ferienvillen und über allem als grandiose Kuppel das luftige Rot des Abendhimmels. Michael quietschte vor Vergnügen.

„Das ist perfekt!" rief er.

Zwei Mal musste ich mir die Szene ansehen. Zweimal das Königsblau der Stiefmütterchen, zweimal das knallige Gelb des Cabriolets und so weiter. Dann sagte ich erneut: „Nun reicht es aber", und schaltete die Kamera aus.

Es war bald neun. Wir konnten unsere Zeit nicht länger mit Einstellungen von gelben Cabrios und luftigem Abendrot vergeuden. Wir hatten noch immer kein Unterkommen für die aufziehende Nacht.

„Ich werde langsam unruhig", bedrängte ich Michael.

In meinem Bauch drehten sich wieder kleine Spindeln. Erst langsam, dann immer schneller und schneller.

„Wir müssen uns was zum Schlafen suchen."

„Machen wir ja auch gleich", antwortete er.

„Machen wir sofort!" befahl ich.

Als Michael wieder nach der Kamera greifen wollte, hielt ich sie mit beiden Händen fest.

„Sofort heißt sofort!"

Vom meinem harschen Ton nicht im mindesten beeindruckt, setzte sich Michael auf einen Bordstein, überkreuzte die Beine und legte sich die Arme auf die Oberschenkel. Dann drehte er die Hände nach oben und ließ ein langes, tiefes „Om" die Strandstraße hinabrollen.

So viel ich auch schimpfte und rabatzte, seine Antwort war immer nur „Om".

„Spielst du schon wieder Theater?!" fuhr ich ihn an.

Bevor das nächste „Om" folgte, antwortete er mit breitem Grinsen: „Privatvorstellung für seine Durchlaucht. Exklusiv und einmalig!"

Ich musste ihm die Arme gewaltsam von den Schenkeln stoßen, damit er seine Komödie beendete.

„Okay Partner", grinste er noch immer. „Dann schauen wir mal, was uns Göhren zu bieten hat."

Bei unserem Fragen und Suchen nach einem Nachtquartier entfernten wir uns immer weiter vom Meer. Irgendwann tauchte vor uns der Doppelturm der Kirche auf, der eigentlich nur aus einem doppelten Dachstuhl besteht, und da hatten wir's: Ein kleines Haus am Westhang von Göhren, das schon von der Straße her einen Blick über das Mönchgut bot, der ganz sehnsüchtig macht nach Ferne und Unendlichkeit.

Die Villa hatte ein geschwungenes Dach mit drei ebenso geschwungenen Balkonen obenauf. Auf so einem Balkon wollte ich sitzen, wollte ein Zigarillo rauchen und einen Whisky trinken und zusehen, wie sich das Mönchgut in ein Wunderland verwandelte. Feen und Kobolde wollte ich sehen und trunkene Elfen, die unter dem prasselnden Nachthimmel dahinjagten.

Ich holte tief Luft, als wir die Hotelhalle betraten. Ich steuerte auf die Rezeption zu, stellte meine Frage und holte gleich wieder tief Luft. Wie Donnerhall war meine Stimme.

„Moment", erwiderte eine Frau, die sich neben dem Alter auch alle Gemütsregungen weggeschminkt hatte.

Sie schnippte nach einem hochaufgeschossenen Mann im mintgrünen Anzug, der gerade Prospekte in einem Ständer ordnete.

„Womit kann ich Ihnen behilflich sein, meine Herren", schnurrte er.

„Wir brauchen ein Zimmer!"

Es war noch immer ein Donnern in meiner Kehle.

„Oh, oh, ein Zimmer", wiederholte der Mann und tippte Zahlen in einen Computer. „Mit Doppelbett, vermute ich?"

Er schnellte mit dem Kopf vor. Er roch nach Zigaretten und einem edlen Herrenparfüm.

„Mal sehen, ob wir da noch was machen können."

Er schenkte mir ein lebloses Lächeln.

Da der Mintgrüne aber nach Hoffnung auf geschwungene Balkone, auf Kobolde und auf trunkene Elfen roch, lächelte ich zurück.

„Tja, meine Herren. Wir haben leider nur noch ein Einzelzimmer im Souterrain. Allerdings könnten wir es aufbetten."

Die Stimme des Mannes war weich und mild wie eine Creme.

„Nein, nicht im Souterrain", entgegnete ich. Das Donnern kehrte zurück. „Haben Sie oben nichts frei? Unterm Dach?"

Der Mann runzelte die Stirn, beugte sich aber wieder über den Computer.

„Das sind unsere besten Appartements", erklärte er. „Und wir haben Hauptsaison. Sie verstehen."

Auch Michael wurde mit einem Lächeln beschenkt.

„Warten Sie. Vielleicht ginge es in der Dreihundertfünf."

Der mintgrüne Mann tuschelte kurz mit der Frau. Ein paar Mal ließ er seine elastischen Finger über die Tastatur huschen, dann lächelte er erneut.

„Voila", schnurrte er. „Die Dreihundertfünf steht Ihnen ab sofort zur Verfügung."

Das Appartement hatte ein Paar aus Leipzig reserviert, gleich für zehn Tage, war bislang aber noch nicht angereist.

„Was soll man da machen?" seufzte der Mann bekümmert. „Wir können nicht ewig warten. Die Nachfrage ist groß."

„Wieviel kostet denn eine Nacht?" wollte Michael wissen.

„Oh, die Suite wird Ihnen gefallen", schnurrte der Mann weiter. „Sie ist unsere schönste. Von da oben haben sie einen unvergleichlichen Blick auf das Mönchgut."

Über Michael Stirn zog sich erneut eine Kerbe. Das bedeutete nichts Gutes. Ich holte tief Luft, mein Wunderland war in Gefahr.

„Ich-denke-wir-nehmen-die-Suite!"

Tief aus dem Bauch ließ ich den Donnerhall aufsteigen.

„Aber-erst-wenn-wir-wissen-wie-teuer-sie-ist!" donnerte Michael zurück.

Er hatte den größeren Bauch, ich verlor das Duell. Noch ehe ich mich fassen konnte, hatte er seine Frage wiederholt.

„Wieviel kostet eine Nacht?"

„Zweihundertzehn Euro", antwortete der mintgrüne Mann mit saurem Gesicht.

Michael grunzte empört auf, sagte aber nichts. Ohne mich anzusehen, machte er kehrt und lief zur Tür.

„Bleib` hier!" rief ich ihm nach. So schnell wollte ich meine Kobolde und Elfen nicht verloren geben.

„Wir nehmen die Suite", beharrte ich trotzig.

Zweihundertzehn Euro sind ein verrückter Preis, nicht einmal die Hälfte konnten wir für eine Nacht aufbringen. Ich wollte aber verrückt sein, gegen jeden Sinn und gegen jeden Verstand. Und ich wollte es jetzt und auf der Stelle sein.

„Wir nehmen die Suite!" sagte ich ein drittes Mal.

„Ihrem Freund scheint unser Haus aber doch etwas hochpreisig zu sein", wandte der Mintgrüne ein.

„Das ist nicht mein Freund", wies ich ihn zurecht. „Das ist nur mein Kollege."

Ich sah wütend zu Michael hinüber. Die letzten Strahlen der Abendsonne hatten den gläsernen Windfang in ein loderndes Inferno verwandelt. Wie ein Klotz stand der Boxer in dem tobenden Licht.

„Wir sind auf Dienstreise", fuhr ich mit eng gewordener Kehle fort. „Wir sind vom Fernsehen. Vom Norddeutschen Rundfunk. Wir drehen einen Film über Elizabeth von Arnim. Sie hat einen Roman über Rügen geschrieben. Die Suite geht auf Firmenrechnung."

Meine Erklärungen überzeugten den Mintgrünen nicht. Sein Gesicht veränderte sich plötzlich. Alles Weiche, Dienerische verschwand aus ihm. Doch das war nicht die einzige Veränderung. Statt cremig zart, wurde seine Stimme plötzlich holzig und spröde.

„Wir sind angehalten", schnarrte er, „bei Einmalübernachtungen den Zimmerpreis im Voraus zu erheben."

Wie zur Bestätigung tippte er seiner Kollegin auf die Schulter. Die drehte sich auch gleich herum.

„Ja, das ist unsere Anweisung", schnarrte sie kaum weniger holzig.

Ich hatte keine zweihundertzehn Euro im Portemonnaie. Trotzdem zog ich es hervor und kramte in den Geldfächern. Ich brauchte schon wieder eine Täuschung. Ein Dandy wollte ich sein oder ein reicher Beau mit einem Loft im Prenzlauer Berg. Gelangweilt: Pahh, wollte ich rufen. Was sind für einen Lebemann schon zweihundertzehn Euro?!

Ich rief aber nur: „Oh", und spielte den Bestürzten (gerade einmal einhundert Euro steckten in meinen Taschen).

„Sie können auch mit einer Kreditkarte bezahlen."

Das Gesicht des Mintgrünen hatte sich weiter verändert. Es war jetzt stumpf und borkig, als wäre es ebenfalls aus Holz.

Ich rief ein zweites Mal: „Oh".

Ich besaß keine Kreditkarte, würde nie eine besitzen, hatte ich mir geschworen. Ich würde mir auch nie einen Vollbart wachsen oder mich tätowieren lassen oder mir Ringe ins Ohr stecken. Ebenso wenig würde ich mir die Schamhaare abrasieren oder mit einem bis über die Ohren gezogenen Pudel durch die größte Sommerhitze laufen. Ich war dreiundfünfzig Jahre alt und mit dreiundfünfzig Jahren tut es manchmal gut, alle Moden der Saison links liegen zu lassen und gegen den Strom der Zeit zu leben.

„Ich hasse Kreditkarten!"

Auch mein Gesicht hatte sich verändert. Vor Abscheu war es klein und gelb geworden wie eine Zitrone.

„Ich werde Geld von einer Bank holen."

Die Filiale der Sparkasse liegt in Göhren etwas zurückgesetzt gegenüber dem Mönchgut Museum. Ein großer Kastanienbaum macht den Platz dunkel und trist. Kein Inferno lodert dort und keine Elfen oder Kobolde sind dort jemals zu erwarten.

„Willst du wirklich so viel Geld für eine Nacht ausgeben?" fragte Michael.

Die dünne Kerbe zog sich noch immer über seine Stirn. Ich sah durch ihn hindurch und schüttelte den Kopf.

Das Spiel war aus. In einem grauen Zelt würde ich schlafen, inmitten von vielen anderen grauen Zelten, ohne Aussicht und ohne Wunder. In einem alten Schlafsack würde ich liegen und zu dem Geruch der Einsamkeit, der dutzendfach in der Watte steckte, meinen Geruch hinzutun. Und genau das geschah. Es war beinah Mitte Juli und ich hatte noch immer nicht mein Gehalt vom Mai überwiesen bekommen.

Ich schrie den Bankautomat an.

Ich schrie Michael an.

Ich beschimpfte die drei überdurchschnittlich gebildeten Beamtinnen, die gerade an uns vorüberliefen. Sie hatten Geld. Ich hatte keins. Mein Dispolimit war ausgeschöpft. Zurzeit keine Auszahlung möglich, hatte mir der Automat geantwortet. Ich hasste ihn. Ich hasste Richard. Ich hasste den Erfinder der Filmtechnik. Gärtner hätte ich besser werden sollen oder Fensterputzer.

„Schluss!" rief ich zum Himmel empor.

Der Himmel war nicht mehr von zartem Grün. Eitergelb war er jetzt, mit blutigen Spritzern an den Rändern.

„Ich fahre nach Hause! Ich habe die Schnauze voll."

Aber es kam anders.

„Komm", sagte Michael und legte mir einen Arm um die Schultern. „Erst einmal bringen wir die Kamera zum Auto."

Das Auto stand am Bahnhof.

Am Bahnhof gab es eine Kneipe.

In der Kneipe saßen Anna und Jessica.

„Hallo, ihr da!" begrüßten sie uns.

„Hallo, ihr da!" riefen wir zurück.

Der vierte Tag

IN LOBBE telefonierte ich zum ersten Mal mit Richard. Gleich am Morgen. Ich wollte ihn wegen der ausstehenden Gehälter zur Rede stellen. Richard aber war nicht im Büro. Richard war vor zehn Uhr niemals in seinem Büro. Ich hatte es in meiner Rage vergessen.

„Scheiße", brüllte ich in das Smartphone, das ich mir von Michael geliehen hatte (mein Gerät hatte ich in Berlin vergessen).

In meinem Kopf jagten sich die Gedanken. Sie fielen übereinander her und besprangen sich. Sie zeugten und zeugten, einen Schwall von Ängsten, eine Flut von Ängsten, einen ganzen Ozean.

Ich wählte die Nummer vom Empfang. Unser Haustechniker meldete sich, ein großer, dürrer Mann mit Pferdekopf und Pferdezähnen. Außer ihm sei noch niemand im Büro, erklärte er. Allein in einer Firma zu hocken, muss furchtbar lustig sein, begann der Mann doch plötzlich loszulachen. Ich ließ ihn aber nicht lachen. Was mit den Gehältern sei, brüllte ich ihn an.

„Was soll schon sein?!" Der Techniker unterbrach kurz sein Gewieher. „Meine Kohle habe ich."

Dann lachte er erneut auf. Ich sah seine langen, gelben Zähne, die nur unvollständig von den Lippen bedeckt wurden.

„Ich habe meine Kohle nicht!"

Ich schüttelte mich. Wegen des Gewiehers und wegen der gelben Pferdezähne.

„Tröste dich. Du bist nicht der einzige, bei dem Richard noch `ne Rechnung offen hat."

Das Rammeln und Bespringen in meinem Kopf nahm kein Ende.

„Den ganzen Sonnabend über haben Buchprüfer und Anwälte bei ihm gesessen und den Sonntag auch."

Auch das fand der Mann komisch. Er lachte und lachte und hörte sich tatsächlich wie ein toll gewordenes Pferd an.

„Machen wir also dicht?"

Ich erschrak vor dem Satz noch immer, als hörte ich ihn zum ersten Mal.

„Vielleicht (das Gewieher). Vielleicht werden wir verkauft (das Gewieher). Vielleicht machen wir zukünftig auch in Rüben und Kartoffeln (das Gewieher).

Plötzlich aber wurde der Mann ernst. Ein Lieferant, den er erwarte, stünde vor der Tür. Er wünschte mir alles Gute, wieherte noch einmal und legte auf.

Da war es zwei Minuten vor neun.

Zwei Minuten nach neun öffnete ich die Tür vom „Mini-Markt", einem kleinen Laden an der Landstraße nach Göhren. Ich war der erste Kunde. Die Verkäuferin des Backwarenstandes begrüßte mich mit einem frischen Lächeln, ich aber ging achtlos an ihr vorbei. Ich ging auch achtlos an der Wurstverkäuferin vorbei, die noch viel frischer lächelte und an einem Azubi ging ich vorbei und an einem Brauereifahrer und alle lächelten ein unerschütterliches, mit sich und der Welt zufriedenes Lächeln. Natürlich lächelte auch die Kassiererin. Aber nicht lange. Nur so ein freundlicher Husch flitzte über ihre Lippen. Sie hatte die Whiskyflasche in meinem Einkaufskorb entdeckt. Oh, Gott, murmelten ihre runden Augen, und ihr runder Mund murmelte: „Ist das alles?"

Um zehn nach neun saß ich am Strand von Lobbe. Der Strand war leer. Zwischen den Dünen hockte ein scheuer Morgen. Als ich in den ersten Kreis meiner Trunkenheit eintauchte, zog ich mich aus und lief zum Ufer. Erst mit den Zehen, dann mit den Füßen und schließlich mit beiden Händen prüfte ich die Wärme des Wassers. Ich schwamm bedachter und hingebungsvoller als in Göhren. Es war mein letzter Tag. Mal schwamm ich auf dem Rücken, mal auf der Seite und mal auf der Brust. Es war alles vorbei. Das mit der Firma und das mit Michael und das mit Birgit sowieso. Schon über einen Tag hatte ich nicht mehr an sie und Kreta gedacht.

Als ich in den zweiten Kreis meiner Trunkenheit eintauchte, schwamm ich zum Ufer zurück und legte mich ins seichte Wasser. Ich bemerkte Michael nicht sofort. Irgendwann schaukelte sein breiter Kopf über mir.

„He, Sportler", sagte er sanft.

Ich stieß mich vom Ufer ab. Kieselsteine und kleine Muscheln rieben über meinen Rücken. Erst nachdem ich ein Stück geschwommen war, antwortete ich. In Ruhe lassen sollte mich Michael.

„Was ist denn los?" rief er mir nach. „Hast du wieder 'ne Krise?"

Ich tauchte und suchte auf dem grünen Grund eine Antwort. Wieder an der Oberfläche, sagte ich so leise, dass nur die Wellen es verstehen konnten: „Ich fahre nach Hause."

Michael aber verstand mich doch.

„Wird gemacht", antwortete er. „Aber vorher musst du dich noch anziehen."

Er breitete die Arme aus und lächelte. Wie eine treue, verlässliche Amme stand er am Ufer. Selbst an ein Handtuch hatte er gedacht. Seine Fürsorglichkeit machte mich weinerlich. Ich wollte etwas erwidern, spürte aber den Druck der Tränen und schnäuzte mich nur.

Auf den Dünen hockten Anna und Jessica und sahen neugierig zu uns herüber.

„Schick` sie weg" flüsterte ich Michael ins Ohr.

„Sie werden nicht gehen", flüsterte Michael zurück „Die beiden haben Frühstück gemacht. Sie haben sogar Kaffee gekocht."

Er grinste und kniff mir in den Oberarm. Ich verstand weder das Grinsen, noch das Kneifen. Am allerwenigsten aber verstand ich diesen beiden Sätze.

Ich wusste vom gestrigen Abend nicht mehr viel. In der Bahnhofskneipe hatte ich mich schnell und mit Bedacht betrunken. Die Mädchen hatte ich dabei nur ungefähr wahrgenommen. Sie saßen hinter einer trüben Scheibe Glas, die mit jeder Stunde nur noch trüber wurde. Nicht sie hatten sich zu später Stunde mit uns auf den Weg zum Zeltplatz gemacht, zwei Phantome waren es gewesen. Mal geisterten sie hier herum, mal dort, mal waren sie trostlos bleich, mal bunt gefiedert. Wollte ich sie aber berühren, lösten sie sich auf. Es gab nur ein verlässliches Bild, dass sich in meinem trudelnden Hirn fixiert hatte: ein kleines Lagerfeuer am Strand von Lobbe und drum herum die schnatternden Mädchen und der vor Wonne glühende Michael.

Zum Frühstück trank ich nur Kaffee. Das Bad hatte mir nicht die erhoffte Ermunterung gebracht, nicht einmal erfrischt hatte es mich. Ich begann bald zu schwitzen. Es wehte kaum ein Wind und von den Dünen stieg eine sandige Hitze auf. Auch Michael schwitzte. Er zog sich Jacke und Hemd vom Leib, verschränkte die Beine vor seinem Bauch und sah wie ein abtrünniger Buddha aus, dem Reinkarnation und Nirwana gestohlen bleiben konnten und der nur eines wollte, im Hier und Jetzt des Lobber Morgens sein Vergnügen zu haben.

Anna saß ganz ähnlich da. Sie schwenkte zwei Tüten über ihrem Kopf und rief: „Wer will Käsebrötchen? Wer will Kuchen?"

Jessicas Finger schnellte in die Höhe.

„Kuchen, Kuchen", rief sie ausgelassen.

Anna warf ihr eine Rosinenschnecke zu.

„Und du?" wandte sie sich an mich. „Was willst du?"

Sie gab ihren Lotussitz auf und legte sich quer über die Autodecke, die, durch Blumen und Pappteller aufgewertet, eine passable Frühstückstafel abgab.

„Willst du auch Kuchen?"

Anna hatte ein dreieckiges Gesicht mit einem spitzen Kinn, einer langen, knochigen Nase und einer platten, leicht nach innen gewölbten Stirn. Ihre Hässlichkeit machte mich betroffen.

„Nein", antwortete ich und schlug die Augen nieder. „Ich habe keinen Hunger."

Um mich von ihr abzulenken, sah ich zu Jessica hinüber. Das Mädchen hatte sich die Schnecke auf einen Pappteller gelegt und begann mit langsamen, konzentrierten Bewegungen eine Rosine nach der anderen herauszupolken. Sie schichtete die Rosinen zu einer Pyramide auf und schob sich dann alle auf einmal in den Mund. Sie hatte den süßen Batzen noch nicht hinuntergeschluckt, da setzte sich eine Wespe auf den Teller. Mit einer Handbewegung versuchte Jessica sie zu vertreiben, doch das Insekt flog nur kurz auf, tänzelte über unsere Köpfe hinweg und setzte sich erneut auf den Teller.

Jessica wollte abermals ausholen, doch Michael war schneller. Ein kurzer, kräftiger Schlag mit seinem Hemd und die Wespe verschied. Er wandte sich sofort nach Jessica um, im Gesicht schon den Glanz des zukünftigen Dankes. Jessica aber fauchte nur: „Du hast sie umgebracht!" und riss ihm das Hemd aus der Hand.

„Aber sie hätte dich sonst gestochen", stotterte Michael verwirrt.

„Na und?! Deswegen musst du sie doch nicht gleich töten."

Vor Erregung drückte sie sich die Spitze ihres rechten Ohres in den Gehörgang.

„Du hättest sie auch getötet, wenn du sie getroffen hättest."

„Hätte ich nicht! Ich hätte sie nur vertrieben."

Michael grunzte entrüstet auf. Er reckte sich. Seine Muskeln traten hervor und für ein paar Sekunden war ihm der frische, kantige Körper eines Hochleistungssportlers zurückgegeben.

„Ich muss noch einmal telefonieren", sagte ich in die brodelnde Stille. Nach Streit roch sie und nach unsinnigen Diskussionen. Die Wespe sei ein Geschöpf der Natur, so oder ähnlich würde Jessica gleich loskreischen, und alles Natürliche müsse Michael doch schützen und behüten. Ganz gleich ob Wespe oder Blume oder Mehlwurm. Jessica holte auch schon Luft, ich aber kam ihr zuvor. Ich sprang auf, wiederholte, dass ich noch einmal telefonieren ginge, griff mir Michaels Smartphone und rannte vor Jessicas grimmigen Tugendeifer davon.

Da war es elf Uhr.

Ich setzte mich in eine leere Sandburg, wählte die Firmennummer und wartete. Ria ging an den Apparat, Richards Sekretärin. Ja, Richard sei in seinem Büro, begrüßte sie mich, sie stelle mich durch.

Mein Herz klopfte wie vor einer Prüfung, als sich Richard meldete.

„Was ist mit meinem Gehalt?" fuhr ich ihn ohne Gruß an.

„Was soll damit schon sein?" tat Richard erstaunt.

Er hatte keine langen, gelben Zähne und auch keine zu kurz geratenen Lippen, dennoch wieherte auch er wie ein Pferd.

„Es ist alles in Ordnung (das Gewieher). Wir hatten kurzfristig Probleme und mussten ein paar Lizenzen abstoßen (das Gewieher), aber jetzt ist alles wieder im Lot."

Das Gewieher.

Ich glaubte ihm kein Wort. Richard war ein Schwätzer, der besser Talkshowmaster geworden wäre, als Geschäftsführer einer Filmfirma.

„Und warum habe ich dann mein Geld noch immer nicht?" bellte ich in den Hörer. „Wir müssen hier das Essen und die Hotels bezahlen! Falls du das vergessen hast."

Wieder begannen sich in meinem Kopf die Gedanken zu jagen.

„Warum so aggressiv, mein Lieber? Hast du keinen Spaß mehr mit deiner Elizabeth?"

Richard machte eine Pause. Offenbar erwartete er eine Antwort, doch ich atmete nur laut ein und aus. Das Rammeln und Bespringen in meinem Kopf war wieder da.

„He!" meldete sich Richard erneut. „Wir wollen doch alle Spaß haben. Oder?!"

Er wieherte abermals. Ich aber wollte keinen Spaß, ich wollte mein Gehalt, das vom Mai und das vom Juni. Ich sagte es ihm. Richard überhörte meinen Einwand. Er redete und redete und als er mir zum fünften Mal Spaß wünschte, beendete ich das Gespräch.

Da war es acht Minuten nach elf.

Zehn Minuten nach elf öffnete ich zum zweiten Mal die Tür vom „Mini-Markt". Das Lächeln der Backwarenverkäuferin war noch genauso frisch wie zwei Stunden zuvor und ebenso das Lächeln der Wurstverkäuferin. Nur die Kassiererin lächelte nicht. Sie hatte die Whiskyflasche in meinem Einkaufskorb entdeckt. Oh, Gott, die zweite, murmelten ihre Augen, und ihre Lippen murmelten den Anfang von: Ist das alles? Doch plötzlich klappte ihr Mund auf und wurde eckig vor Entrüstung.

„Was soll das?" rief sie.

Eine Hand hatte plötzlich nach der Flasche gegriffen. Die Hand war kurz und breit und auf ihrer Oberseite von einem hellen Flaum überzogen.

„Was soll das?" rief auch ich.

„Ich denke, du hast kein Geld mehr?" Michael redete mit mir wie mit einem Kranken. „Außerdem ist deine erste Flasche noch voll, und außerdem wird vor dem Mittagessen nicht getrunken!"

Er klopfte mir vorwurfsvoll gegen den Hals.

„Sag` was, Sportler."

Ich wollte auch etwas sagen, Mensch oder Ach, mir wurde aber wieder heulig, und so schwieg ich. Ich war ein Fossil, ein Überbleibsel einer untergegangenen Zeit. Spaß sollte ich haben, morgens, abends, immer. Spaß war der Mittelpunkt der Welt. Ich aber hatte keinen, ich stand neben dieser Welt. Trist war es dort und vollkommen spaßlos. Nur faltige Typen lungerten dort herum mit grauen Haaren und gelben Säcken unter den Augen.

„Komm` hier raus", raunte mir Michael zu.

Auch er war so ein Faltentyp, war so ein Übriggebliebener. Menschen mit Augen, die immerzu nach innen sehen, haben selten Spaß. Ich griff nach seiner Schulter. An diesem Lobber Morgen brauchte ich etwas zum Festhalten.

Lobbe ist kein Dorf. Lobbe ist kein Ort. Lobbe ist nicht einmal eine Anhäufung von Häusern. Ein zappliges Reptil ist Lobbe, das sich alle halbe Jahr häutet und das nach jeder Häutung nur noch größer wird. Zwei Hotels, vier Hotels, acht Hotels. Gewaltig ist der Pflug der Zeit, der durch Lobbe zieht.

„Ich will hier weg", rief ich matt. Ich hatte eine Hand noch immer auf Michaels Schulter.

Wir liefen an den vielen neuen Häusern vorbei und an den wenigen alten. Und immer waren die alten düster und hässlich. Sperrigen Särgen glichen sie, für die die Bagger an der nächsten Ecke schon die Gruft ausgehoben hatten.

„Was willst du denn in Berlin?"

Mit einem Rucken schnippte Michael meine Hand fort.

Ich wollte etwas denken, etwas Wichtiges, aber meine Gedanken waren nur alte, abgegriffene Murmeln. Ohne Ziel rollten sie in meinem Kopf herum. Um mich zu konzentrieren, drückte ich ein paar Finger auf meine Stirn. Michael fragte sofort, ob ich wieder Kopfschmerzen hätte, und stellte, noch ehe ich antworten konnte, gleich die nächste Frage.

„Haben wir hier nicht alles?"

Er hob die Arme empor. Der Himmel war bleich und schwammig, in zehn Kilometer Höhe war er blau, in dreißig Kilometer Höhe türkisfarben und in dreihundert Kilometer schwarz und undurchdringlich.

„Hier sind wir doch frei!" rief er so laut, dass ich zusammenzuckte. „So frei, wie ich mich schon seit Jahren nicht mehr gefühlt habe."

Er umklammerte meine Oberarme. Seine Fäuste glänzten vor Erregung.

„Zu Hause, da habe ich manchmal das Gefühl, als wäre ich mir selbst ein Fremder. Als lebte ich ein Leben, das gar nicht mir gehört."

Er lachte gequält auf.

„Meiner Frau gehört es oder meinen Kindern oder dem Arbeitsamt. Vielleicht gehört es auch meinem Sportverein. (Er lachte wieder) Und alle stellen immerzu nur Forderungen."

Ich musste ein paar Mal schlucken, ehe ich erwidern konnte: „Aber was sollen wir denn machen? Richard zahlt doch nicht."

Ich erzählte von dem Telefongespräch. Vor Empörung schüttelte Michael ein paar Mal den Kopf.

„Vielleicht erholt sich die Firma wieder", sagte er bitter, „und wir kriegen unser Geld später."

Ich machte eine weite Handbewegung. Ein Zelt wollte ich über Lobbe aufspannen und die Plane blau anmalen, damit wir einen festen, verlässlichen Himmel über uns hatten und Sonne und Mond und Sterne.

„Lass uns weitermachen. Bitte."

Jetzt brauchte Michael etwas zum Festhalten. Er umklammerte erneut meine Arme. Wir standen wie ein Liebespaar beieinander. Aber es war keine Liebe in uns, sondern nur die Bänglichkeit von Kindern, die sich im Wald verlaufen hatten.

„NACH THIESSOW?!" krähte Jessica. „Warum fahren wir denn nach Thiessow?"

Sie saß neben Michael auf dem Beifahrersitz und klopfte nervös auf dem Armaturenbrett herum.

„Weil vor hundertfünfzehn Jahren eine deutsch-englische Schriftstellerin dorthin gefahren ist", antwortete Michael. „Und weil wir einen Film über sie drehen. Habe ich dir doch schon hundert Mal erklärt."

Jessica verzog gelangweilt das Gesicht und fragte: „Darf ich Musik machen?"

Michael nickte, Jessica knipste das Autoradio an, eine Frau sang ein langsames, schwermütiges Lied.

„Kennst du die?" fragte Jessica.

Sie hatte den Kopf gegen den Türholm gelegt und summte die Melodie mit. Michael hob verneinend die Schultern.

„Das ist Sarah Connor. Ich habe die gleichen Augen wie sie."

Sie schoss nach vorn und hielt Michael ihren Kopf vor das Gesicht.

„Lass den Quatsch!" schnaubte Michael. „Du nimmst mir die Sicht."

Er schob sie auf den Beifahrersitz zurück. Jessica kicherte.

„Ich habe auch ihre Nase."

Sie beugte sich erneut nach vorn.

„Nun sieh` doch mal!"

Sie stampfte mit dem Fuß auf. Michael sah knapp über sie hinweg.

„Ich bin auch so sexy wie sie (Sie kicherte wieder). Sagen jedenfalls einige."

Mit einem Schlag war sie dann wieder ernst.

„Und was sagst du?"

„Ich weiß gar nicht, wer Sarah O Connor ist."

„Nicht O Connor!" verbesserte ihn Jessica. „Nur Connor, ohne O."

„Die kenne ich genauso wenig."

Die ersten Häuser tauchten auf. Er verlangsamte das Tempo. Auch Thiessow ist kein Dorf, ist keine Ortschaft, ist nicht einmal eine Anhäufung von Häusern. Aber Thiessow ist auch kein zappliges Reptil, das sich alle halbe Jahr häutet. Ein Supermarkt, ein Hotel, ein Fischrestaurant. Nur langsam zieht der Pflug der Zeit in Thiessow seine Furchen und flach und dürftig sind sie obendrein.

Wir fuhren an dem Supermarkt vorbei und an dem Hotel und an dem Fischrestaurant. Als vor uns das Häuschen der Kurverwaltung auftauchte, rief Anna: „Halt mal an!"

Vor dem Häuschen stand ein Linienbus.

„Wohin fährt der?" wollte sie wissen.

„Nach Bergen", antwortete Michael. „Hier fahren alle Busse nach Bergen."

Er ließ den Volvo neben dem Bus ausrollen.

In Annas Kopfdrehen und Ausschauhalten steckte wieder eine Unruhe, als würde sie verfolgt werden.

„Willst du denn nach Bergen?" fragte Michael.

Anna sprang aus dem Auto und grinste breit und höhnisch auf ihn herab.

„Klar, will ich. Ich hab `ne Oma dort."

„Ich habe da auch `ne Oma", beeilte sich Jessica zu sagen.

Annas Unruhe hatte sie ebenfalls erfasst. In breitem, mecklenburgischem Platt meinte sie dann, dass sie auf Rügen geboren sei.

Mir wuchsen wieder zwei Stimmen. Die eine sagte laut: „Na dann nur zu, fahrt nach Bergen!" Und die andere Stimme flüsterte: Bleibt doch hier.

Die Mädchen zerrten ihre Rucksäcke aus dem Auto und rannten zum Bus. Bevor sie einstiegen, winkten sie noch einmal. Michael winkte zurück.

„Viel Glück", rief er.

Er hatte schon vergessen, dass sie gerade ihren Spott mit uns getrieben hatten. Ich aber hatte ihn nicht vergessen.

„Fahrt zur Hölle", knurrte ich.

Aus dem Bus heraus warf uns Anna noch eine Kusshand zu (Spott, Spott auch diese Geste), dann startete der Fahrer den Motor und kurz darauf rollte sein Gebrumm über die heiße Landstraße hinweg.

„Was machen wir jetzt?" fragte Michael, als es wieder still geworden war.

„Eine rauchen", antwortete ich.

Ich hielt ihm die Schachtel mit den Zigarillos hin. Doch das Spiel funktionierte nicht. In Thiessow gab es keine betrunkenen Elfen und keine lachenden Dampfer. In Thiessow gab es nur Sonne. Es war hoher Mittag. Ohne Gnade fiel sie auf das schattenlose Land herab.

„Gehen wir baden", stöhnte Michael.

Er hatte sich wieder sein Hemd ausgezogen. Brust und Hals leuchteten ihm vom Schweiß.

Für Elizabeth war die Ostsee in Thiessow spritzig und strahlend, für uns war sie nur stumpf und träge. Und stinkend war sie dazu. Ungünstige Winde hatten die Bucht mit Seetang zugeschwemmt. Die krautigen Wälle, die Meer und Strand voneinander trennten, zogen sich am ganzen Ufer dahin. Wir mussten lange suchen, ehe wir einen Durchbruch in der jauchenden Mauer fanden. Doch auch im Meer waren wir den Tang nicht los. Alle naselang schwammen wir in glitschige Fladen hinein. Dazu kamen

Schwärme von Quallen. Ich machte als erster kehrt. Auf meine Brust hatte sich ein dichter, brauner Filz gelegt. Michael lachte.

„Hör auf!" fuhr ich ihn an.

Er war weniger behaart, dennoch klebte auch auf ihm überall stinkender Seetang.

„Wir müssen uns abduschen", brummte ich und stapfte auf das Ufer zu. „Sonst fangen wir auch noch an zu stinken."

Michael lachte erneut. Sein Lachen machte mich wütend. Ich wandte mich um, Michael stand dicht hinter mir. Mit einem schelmischen Grinsen wischte er mir einen Tangschweif vom Kinn und noch einen vom Hals und noch einen vom Ellenbogen. Seine Vertraulichkeit machte mich nur noch wütender.

„Lass` das!" fauchte ich.

Doch Michael grinste bloß und wischte weiter an mir herum.

„Du ärgerst dich wegen der Mädchen, weil sie weggefahren sind. Habe ich recht?"

Er hielt einen Tangwedel empor und beschnupperte ihn.

„Stönkt", näselte er. Er sprach wie Heinz Rühmann in der „Feuerzangenbowle".

„Stönckt förchterlöch."

„Spielst du schon wieder Theater?!"

Ich schlug ihm den Wedel aus der Hand.

„Du hättest besser Schauspieler werden sollen als Kameramann oder Boxer."

„Wollte ich ja auch", antwortete Michael überraschend ernst. „Aber anfangs hatte mich mein Vater nicht gelassen und später meine erste Frau nicht."

In kleinen Schindeln löste sich die Heiterkeit von seinem Gesicht.

„Was Richtiges lernen sollte ich und Geld verdienen. Vielleicht kennst du das."

„Ein bisschen", nickte ich.

Ich dachte an meinen Vater. Doch es war noch zu früh, Michael diese Geschichten zu erzählen. So seufzte ich nur und verzog den Mund zu einem schiefen Strich.

Schweigend liefen wir dann weiter, in den Nasen den süßsauren Geruch von Seetang und in den Köpfen den süßsauren Geruch unserer Jugend. Anna und Jessica hatten wir vergessen. Sie fielen uns erst wieder ein, als wir auf dem Campingplatz unter der Dusche standen.

„Irgendetwas stimmt mit den beiden nicht", grübelte Michael.

Er seifte sich gerade den Hals ein. Ich war schon bei den Füßen angelangt.

„Ob die wo abgehauen sind?"

„Aber wo?" fragte ich. „Für ein Heim sind sie zu alt. Sie sind doch bestimmt zwanzig."

„Vielleicht sind sie aus 'm Knast raus."

Michael drehte sich herum. Ich sollte ihm den Rücken einseifen. Er geriet immer mehr ins Spekulieren. Als Tarnung hätten uns die beiden benutzt, um ihre Spuren zu verwischen. Womöglich seien sie wegen kleinerer Diebstähle hinter Gitter gekommen oder wegen Drogengeschäfte.

„Studieren tun die jedenfalls nicht."

Er redete noch, als wir uns angezogen hatten und im Auto saßen. Nach Gager wollten wir hinüber. Elizabeth war nie in Gager gewesen. Aber was kümmerte uns das. Wir hatten keine Aufgabe mehr und kein Ziel, und alle Pläne waren sowieso über den Haufen.

IN GAGER sagte Michael zum ersten Mal: „Das mit dem Film lass uns allein machen. Ohne Richard."

Wir hatten lange im Schatten einer Ulme gelegen.

„Wie meinst du das?" fragte ich schläfrig.

Die Sonne stand schon tief. Sie verwandelte das Wasser des Greifswalder Boddens in einen Wirbel aus Farbe und Licht. Michael überhörte jedoch meine Frage.

„Bei der DEFA haben wir das nach der Wende auch so gemacht", murmelte er vor sich hin.

„Du warst bei der DEFA?" rief ich.

Aber auch diese Frage überhörte er.

„He!" fuhr ich ihn an.

Michael sah kurz auf, hauchte eine Entschuldigung und hatte mich schon wieder vergessen. Ganz finster wurde sein Gesicht vom Nachdenken. Ich begann mich bald zu langweilen, erhob mich und stieg einen Hügel hinauf.

Das Mönchgut ist karg. Es ist das komplette Gegenteil der barocken Granitz. Auf den hellen, weiten Flächen gibt es keinen Überfluss. Alles konzentriert sich auf das Wesentliche. Jeder Baum, jeder Hügel und jeder Busch hat seinen Platz, hat seine Bestimmung. An keinem anderen Ort könnten sie stehen. Die große

Kunst des Weglassens, wenn sie je wo erfunden worden ist, dann im Mönchgut auf Rügen.

„Das gefällt mir", sagte Michael.

Er stand plötzlich neben mir, ich hatte ihn nicht kommen hören.

„Was gefällt dir?" fragte ich kühl.

Das Leuchten und Glitzern wollte ich noch immer nicht mit ihm teilen.

„Na, alles", antwortete er und zeigte über die Hagensche Wiek bis zur Insel Vilm.

„Da drüben waren wir", fuhr er fort. „Da haben wir Honeckers Haus aufgenommen."

Über seine Stirn huschten ein paar wehmütige Falten als würde er von fernen Zeiten sprechen.

„Und leere Akkus hatten wir dort drüben auch", stichelte ich mit einem Grinsen.

Michael nickte schuldbewusst. Die beiden Filmkameras lagen im Auto am Fuße des Hügels. Die dazugehörigen Akkus aber lagen in Thiessow in einer Besenkammer. Ein hilfsbereiter Zeltplatzwart hatte uns erlaubt, die Speicher dort aufzuladen. Mindestens drei Stunden würde die Prozedur dauern. In der Zwischenzeit blieb Michael nur der Fotoapparat als Ersatz. Gleich zwei hatte er sich um den Hals gehängt, darunter eine schwere, alte Hasselblad von seinem Vater.

„Ich habe bei meinem Alten gelernt. Von der Pike auf."

Wir setzten uns ins Gras und Michael erzählte die lange, freudlose Geschichte seiner Fotografenlehre. Schinderhannes nannte er seinen Vater immer wieder.

Als er seine Geschichte erzählt hatte, sahen wir auf das Meer hinaus. Die Stunden kamen und gingen. Es wurde acht, es wurde neun. Unten in den Haffwiesen begann sich bereits der Abend zu sammeln, oben auf unserem Hügel aber leuchtete noch immer die Julisonne und legte auf jeden Halm einen letzten, schimmernden Glanz.

„Ich könnte hier ewig sitzen" sagte Michael mit leiser Stimme.

„Ich auch", antwortete ich ebenso leise.

Doch dann meldeten sich plötzlich unsere Bäuche. Sie knurrten laut und ärgerlich. Um ihr Lärmen niederzuhalten blieb uns nichts anderes übrig, als aufzustehen und uns ein Gasthaus zu suchen.

Das Restaurant „Zum Anker" liegt ein paar Steinwürfe vom Hafen entfernt. Alles ist dort einfach, die Stühle, die Tischdecken und die Speisen. Zu unserem Unglück gab es diese Speisen auch nur bis einundzwanzig Uhr.

„Wir haben bereits Küchenschluss, meine Herren", empfing uns eine Kellnerin.

Michael ließ sich von ihrem abweisenden Stirnkrausen nicht beirren. Er lächelte das charmanteste Lächeln, das je auf Rügen gelächelt worden war, drehte neckisch seine Schultern und fragte mit werbenden Augen: „Und da brutzeln für zwei hungrige Herren nicht noch zwei klitzekleine Steaks in der Pfanne?"

Nach vier Tagen war ich zum ersten Mal dankbar, nicht nur mit einem guten Kameramann unterwegs zu sein, sondern auch mit einem guten Schauspieler.

„Ich rieche da hinten doch was ganz, ganz Feines." Er hob seine Nase in Richtung Küchentür und schnoberte genießerisch in der Luft herum.

„Gehen Sie in den „Anker", hat uns unsere Zimmerwirtin immer wieder beschworen! Im „Anker" bekommen Sie die besten Steaks von ganz Rügen!"

Sein zweites Lächeln war noch charmanter als sein erstes.

„Ich wasche hinterher auch ab."

Das dritte Lächeln.

„Sie sollen keine Extraarbeit mit uns haben."

Das vierte Lächeln.

Da gab sich die Kellnerin geschlagen und lächelte zurück.

„Na, wenn das so ist", seufzte sie, „dann frage ich hinten mal nach."

Sie verschwand in Richtung Küche und kehrte ein paar Minuten später mit einem breiten Schmunzeln an unseren Tisch zurück.

„Zwei klitzekleine Steaks für zwei hungrige Herren liegen schon in der Pfanne."

„Wünschen die Herren auch etwas zu trinken?" fügte sie hinzu.

Wir gaben unsere Bestellung auf, wieder Bier und Mineralwasser für den ersten, den gierigsten Durst und Wein für später, um nach dem Essen, Kopf und Seele satt zu machen.

„Wolltest du nie heiraten?" fragte Michael, nachdem wir das erste Glas geleert hatten.

Ich dachte sofort an Birgit. Im vorigen Sommer hatten wir überlegt zusammenzuziehen. Wir hatten uns sogar ein paar Wohnungen angesehen. Doch es war uns im tiefsten Grunde nicht ernst gewesen. Wir hatten nur gespielt, wie Kinder. Das Phantastische und Unvorstellbare hatte uns gereizt, nicht die zähe Wirklichkeit.

„Nein, eigentlich nicht."

Beflügelt vom Alkohol, wollte ich mit einem Mal von ihr erzählen. Wollte jede Einzelheit berichten, von jener ersten Begegnung auf dem Museumsfest in Wiesbaden bis hin zu ihrem Entschluss, allein auf Kreta Urlaub zu machen. Wie ein Anfall kam es über mich.

„Weißt du", begann ich auch gleich. „Ich gehe ziemlich oft in Ausstellungen."

Doch da unterbrach mich Michael.

„Bei meiner ersten", rief er lebhaft, „da wollte ich auch nicht. Aber plötzlich war sie schwanger. Ich wusste gar nicht wie. Wir hatten überhaupt noch nicht viel miteinander gehabt. Du kannst dir das Gezeter vorstellen, dass ich mir von ihren Eltern anhören musste. Sie war ja noch nicht einmal achtzehn. Und dann erst mein Alter. Mit einem Stativ ist er auf mich los."

„Ach, ja", sagte ich höflich.

Seine Frage war nur ein Vorwand gewesen, um wieder von seinen Frauen zu erzählen. Vor Enttäuschung rümpfte ich die Nase und sah aus dem Fenster. Am Horizont zog die Nacht auf. Ihre Wolken schlichen wie finstere Verschwörer heran.

„Bei meiner zweiten war es dann wie in der Bibel", fuhr Michael mit heißem Kopf fort. „Wir hatten sieben fette und sieben magere Jahre."

Die heitere Kellnerin brachte die nächste Runde. Michael leerte sein Glas mit einem Zug.

„Mager waren sie aber nur für mich", schnaubte er bitter.

„Meine Alte, meine damalige", verbesserte er sich, „hatte einen Kerl nach dem anderen."

Er sah mich an, als erwarte er eine Erwiderung. Ich aber leckte noch immer an meiner Enttäuschung herum und schwieg. Michael schwieg ebenfalls, und so fragte ich, als mir die Stille lästig wurde: „Und wie bist du an deine dritte gekommen?"

„Durch meine zweite. Ich wollte die eine mit der anderen eifersüchtig machen."

„Und? Ist sie's geworden?"

Michael senkte den Kopf und antwortete: „Überhaupt nicht. Ausgelacht hat sie mich und endlich einen Scheidungsgrund gehabt."

Er war in der Gegenwart angelangt. So plötzlich wie das Feuer in seinem Gesicht aufgeschossen war, ebenso plötzlich fiel es auch wieder zusammen.

„Bergab gibt es nie ein Ende", seufzte er. „Vom Regen kommst du in die Traufe und von der Traufe in den Gully und vom Gully ins Klärwerk."

Wir sahen uns lange und ohne Scheu an. Michael hatte graue Augen und ich hatte braune.

„Okay, Boxer!" Ich streckte ihm eine Hand entgegen. „Dann machen wir eben weiter."

Doch Michael griff nicht nach meiner Hand. Er zwinkerte mir nur zu, verschränkte die Arme über dem Kopf und sagte: „Und nun erzähle von deiner."

Vor Behaglichkeit rieb er seinen Rücken gegen die Stuhllehne. Ich war von seinem Stimmungsumschwung viel zu überrascht, um sofort antworten zu können.

„Na, los", sagte er mit freundlicher Ungeduld. „Fang` endlich an."

„Tja", begann ich holprig. „Vor drei Jahren war ich mal in Wiesbaden. Im Museum dort gab es eine Ausstellung. Von Jawlensky. Das ist ein russischer Maler."

Michael war ein guter Zuhörer. Er schwieg zur rechten Zeit, fragte zur rechten Zeit und mit jeder Frage verwandelte sich mein Erzählen mehr und mehr in ein Gespräch.

Seine erste Frage war gewesen, ob ich Birgit noch lieben würde. Ich wisse es nicht, hatte ich erwidert. Es sei der ewig gleiche Zwiespalt zwischen Kopf und Herz. Was der eine haben wolle, könne das andere nicht liefern.

Genauso sei es bei ihm, hatte Michael auf meine Antwort erwidert. Sei er mit seiner Frau zusammen, würden sie sich nur streiten. Wären sie aber voneinander getrennt, wüsste er gar nicht, wie er ohne sie leben sollte.

Seine zweite Frage war gewesen, ob ich mit Birgit Kinder haben wollte. Niemals! hatte ich lauthals gerufen. Ich würde im nächsten Frühjahr vierundfünfzig Jahre alt werden. Im Mittelalter wäre ich ein Greis und bei den Neandertalern längst tot. Um Kinder großzuziehen, sei ich schon viel zu versteinert, hatte ich noch hinzugefügt. Junge, bewegliche Männer sollten Väter werden, keine alten.

Und seine dritte Frage war gewesen, ob es nicht am vernünftigsten sei, wenn sich zwei mit klarem Schnitt voneinander trennen sollten, als mit vielen, klammen Versuchen. Er ließ offen, ob er sich und seine Frau meinte oder mich und Birgit.

Theoretisch schon, hatte ich mit Thomas geantwortet, dem klügsten und weisesten meiner Freunde. Der hatte mir einmal auf eine ähnliche Frage erklärt, dass es seit Adam und Eva im Zwischenmenschlichen oft das Vernünftigste sei, ganz ohne Vernunft zu sein.

Da ich die Worte bedeutend fand und da ich schon ein wenig betrunken war, hatte ich den Satz nicht nur mehrere Mal wiederholt, ich hatte Michael auch mehrere Mal lang und innig zugeprostet.

Der fünfte Tag

THIESSOW im Juli um sechs Uhr früh. Die Welt ist blank und rein, bis an ihr Ende kann man sehen. Trotz der Kühle und trotzdem ein leichter Wind wehte, lief ich nackt am Strand entlang. Von einer freudigen Unruhe getrieben, lief ich immer schneller, dachte dieses und jenes, dachte auch an Michael und an unser gestriges Gespräch und geriet dabei immer weiter nach Norden. Die Berge aus Seetang wurde kleiner und das Wasser klarer. Irgendwann sprang ich ins Meer. Die Kälte war wie ein Hieb. Sie riss mir den Mund auf und ließ mich laut aufschreien. Kaum hatte ich mich an sie gewöhnt, erhielt ich den nächsten Hieb. Er sperrte mir den Mund noch weiter auf. Doch jetzt war es eine heiße, wilde Euphorie, die mich schreien ließ.

Die Liebe ist ein Rudel zärtlicher Wölfe. Von allen Seiten fiel sie über mich her. Ich liebte den Morgen, ich liebte den Sommer, ich liebte das Meer, ich liebte Birgit, und für einen blitzenden Moment liebte ich auch Michael. Er war mir zugefallen wie ein Geschenk, das jedem einmal vor die Tür gelegt wird und dessen einziger und größter Wert die Überraschung ist.

Auf sonderbare Weise leicht und schwer zugleich, kehrte ich zum Zeltplatz zurück. Michael schlief noch. Er hatte die Augenbrauen zusammengekniffen, als träumte er einen ärgerlichen Traum. Da ich nichts Besseres zu tun wusste, ging ich mich rasieren. Der Waschraum war leer. Niemand bemerkte mein Staunen, als ich vor dem Spiegel stand. Ich hatte mich noch immer nicht daran gewöhnt, dass mich am Morgen ein alterndes Männergesicht anblickte.

„STEHT MIDDELHAGEN eigentlich im Drehplan?" fragte Michael, als wir ein paar Stunden später mit gemächlicher Fahrt in das Dorf hineinrollten.

„Haben wir denn einen Drehplan?" fragte ich zurück, war von meinem plötzlichen Hohn aber selbst überrascht, Richard sollte mir nicht den Tag verderben, und so beeilte ich mich zu sagen: „Eigentlich nicht. Elizabeth ist an der Stelle nicht sehr genau. Sie redet immerzu von einem Dorf Philippshagen, das aber selbst zu ihrer Zeit schon Middelhagen hieß. Sie hatte wohl einfach nur schlechte Karten. Philippshagen ist nichts weiter als eine Bahnstation im Wald."

Aus dem Handschuhfach zog ich Elizabeths Büchlein hervor, schlug das sechste Kapitel auf und las laut: „Um zehn Uhr am nächsten Morgen verließen wir Thiessow unter einem grauen Himmel. Wir fuhren, auf dringliche Empfehlung des Hotelwirts hin, auf dem harten Sand bis zu dem kleinen Fischerort Lobberort, von wo aus wir nach links und wieder auf die Ebene ausscherten. So gelangten wir wieder nach Philipshagen und auf die Landstraße, die nach Göhren, Baabe und Sellin führt."

Ich wollte weiterlesen, aber da musste Michael plötzlich scharf bremsen. Ein großes, dickliches Mädchen war ihm vor das Auto gesprungen. Ebenso wütend wie erschreckt, schlug er auf das Lenkrad und fluchte. Kaum hatte er den Wagen beschleunigt, musste er erneut bremsen. Das zweite Mädchen war kleiner und trug trotz der Wärme die Kapuze ihres Sweatshirts über den Kopf gestülpt.

Michael fuhr das Fenster herunter und brüllte: „Bist du verrückt geworden?!"

Das Mädchen sah nicht einmal auf. Wie eine zum Tode verurteilte trottete sie hinter der Dicken her. Die drehte sich plötzlich herum und beschimpfte ihre Schwester oder Freundin. Um Geld ging es und um Kleider, sie nannte auch immer wieder einen Frauennamen. Sie rabatzte so laut und so lange, bis die Kleine zu weinen anfing. Da machte die Dicke einen erfreuten Hüpfer und rannte davon. Die Kleine mit der Kapuzenjacke unterbrach kurz ihr Weinen und sah der Dicken nach. Ihre Augen waren ganz weiß vor Angst, allein in diesem Dorf, auf dieser Straße zurückgelassen zu werden. Sie kreischte und jammerte, stehenbleiben solle ihre Schwester oder Freundin. Die Dicke aber lachte nur triumphierend und hüpfte um die nächste Hausecke.

Die Schreie, die dann in das friedliche Gesumm des Vormittages platzten, stammten nicht von einem Menschen, sie stammten auch von keinem Tier. Es waren die Schreie eines archaischen Urwesens, auf das zum ersten Mal die kalte Wucht der Einsamkeit niederprasselte. Michael schloss sofort das Fenster. Nun waren die Schreie in den drei Kubikmetern Auto gefangen, in dem wir saßen. Sie verebbten dort nur langsam. Wir waren längst an Göhren vorbei, da hörten wir sie noch immer. Am Bahnhof von Baabe sagte ich zu Michael: „Halt an!"

Von Gewissensbissen getrieben, rannte ich zu einem Zeitungskiosk. Ich wollte meinen Töchtern eine Karte schicken. Sofort und auf der Stelle. Sie sollten sich nicht verlassen und einsam fühlen. Ihr Vater verschwand nicht einfach um die nächste Hausecke mit einem Hüpfer in Gang und Stimme. Er war für sie da und schrieb ihnen eine bunte Ansichtskarte aus Baabe auf Rügen. Und genau das geschah. Hier hat der Himmel eine Zweigniederlassung, begann ich. Die Engel sind aus Zuckerwatte und der Liebe Gott ist aus Marzipan.

BINZ ist schön. Binz ist reich. Binz ist aber auch geizig. Nicht einen Euro konnte ich den Geldautomaten entlocken. Keine Auszahlung zurzeit möglich, antworteten mir nur immer die polierten Maschinen.

Ich fluchte nicht, ich tobte nicht, ich hielt einer alten Dame die Tür der Bankfiliale auf (die Frau ist noch gebildeter und noch wohlhabender als ihre Standesgenossin in Göhren) und telefonierte erneut mit Berlin.

Ria meldete sich wieder.

„Was willst du?" fragte sie.

„Was ich will?" Nun wurde ich doch wütend. „Endlich wissen, was mit der Firma los ist!"

Meine Wut prallte von der Frau ab und versickerte im Knirschen der Leitung.

„He!" rief ich. „Ich will Richard sprechen."

Ria antwortete nicht gleich. Die knisternde Stille tat mir in den Ohren weh.

„Bist du noch dran?" schrie ich.

Die Antwort kam wie von einem Tonband aufgesagt: „Richard ist nicht im Büro. Er ist außer Haus. Er hat viel zu tun."

„Und wann ist er im Büro?" äffte ich ihre Roboterstimme nach.

Sie schwieg wieder lange. Ohne Übergang begann sie dann zu weinen.

Ich musste mich ein paar Mal räuspern, ehe ich sagen konnte: „Ich rufe am Nachmittag noch einmal an."

Die Sekretärin wisperte eine Antwort und ich beendete das Gespräch. Meine Wut begann in großen Schollen auseinanderzubrechen. In dem Weinen hatte ein Ton mitgeschwungen, der mich an meine Kindheit erinnerte, an Tage, an denen die Verlassenheit wie eine Krankheit über mich gekommen war.

Michael nahm mir vorsichtig das Telefon aus der Hand.

„Rennst du jetzt wieder weg?" fragte er.

„Natürlich nicht", antwortete ich unwirsch. Er hatte mich beim Nachdenken gestört.

So sehr ich mich dann aber anstrengte, ich brachte keine Ordnung in meinen Kopf. Es war nur ein Rasen und Hetzen in ihm.

„Ach, Michael", seufzte ich. „Irgendwie ist das die falsche Welt, in der wir leben."

Und Michael seufzte: „Vielleicht ist die Welt schon in Ordnung, und nur wir sind falsch."

Ich hob fragend die Augenbrauen.

„Womöglich gehören wir in eine Würstchenbude", lachte er auf, „und Pommes und Ketchup sind unser Schicksal."

„Du nimmst mich nicht ernst", erwiderte ich verstimmt.

Ich schob ihn zur Seite und lief ohne Ziel die Dünenstraße entlang. Michael folgte mir in einiger Entfernung. In den Autos, die uns entgegenkamen oder überholten, saßen fröhliche Urlaubsmenschen. Ausflugsgedanken hatten sie im Kopf, Picknick- und Badegedanken hatten sie im Kopf, ich vermied es, nach links und rechts zu sehen. Wir machten keinen Ausflug, wir waren auch zu keinem Picknick unterwegs. Wir hatten ganz andere Gedanken im Kopf.

„Gib mir mal dein Handy", bat ich Michael in Höhe des Bahnhofs. „Ich muss noch mal anrufen."

Ich sprach mit den Anrufbeantwortern von Thomas in Berlin, von Carlo in Köln und von Alena in Prag und allen Geräten sagte ich: „Ich sitze in der Klemme."

„Du hast viele Freunde, nicht wahr?"

Michael hielt zwei Eistüten in der Hand und fragte, noch ehe ich antworten konnte: „Möchtest du eine?"

Er ließ mir wiederum keine Zeit für eine Antwort und murmelte: „Ich kenne nur meine Frau."

Er schniefte und hob langsam den Kopf. Über uns zersplitterte gerade der brüllende Julihimmel.

„Und was ist mit deinem Sportverein?" sprach ich gegen das Krachen an. „Da musst du doch tausend Leute kennen."

Michael nickte und leckte lange und nachdenklich an seiner Eistüte, auf der sich eine Schokoladen-, eine Zitronen- und eine Himbeerkugel türmten.

Als er bei der Zitronenkugel angelangt war, antwortete er: „Etliche kenne ich schon über dreißig Jahre. Ich war mit denen durch halb Europa, aber komisch, Freunde sind das nicht geworden."

Er grinste müde und fügte nach einer kurzen Pause hinzu: „Und wenn, dann sind es Freunde ohne Freundschaft."

„Ein schlauer Kopf hat mal gesagt", erwiderte ich, „dass niemand viele Freunde haben könne. Genauso, wie niemand viele Geliebte haben könne."

Michael überhörte meinen Einwand und sagte, als er beim Himbeereis angekommen war: „Ich glaube, die Zeit allein, die macht auch keine Freunde. Die macht höchstens Kumpels."

„Also doch die falsche Welt?"

„Total die falsche!"

Sein Grinsen veränderte sich mit einem Schlag. Es wurde wieder wach und hell.

„Was machen wir jetzt?" fragte er dann, und wir antworteten zugleich: „Eine rauchen natürlich."

Binz ist großartig. Binz ist einmalig. Binz ist ganz und gar anders. Was in Göhren, Baabe und Sellin nur geschätzt und vage vermutet wird, ist hier buchhalterische Gewissheit. Am 15. Juli 1830 wurde der Badebetrieb ohne Pomp und Trara durch den Fürsten Putbus eröffnet. Selbst die Uhrzeit ist in der Ortschronik niedergeschrieben (zehn Uhr früh) und selbst der Name des ersten Bademeisters. Er hieß Heinrich Ewert und war im Nebenberuf Bauer. In der Chronik sind noch andere Wichtigkeiten festgehalten: Der Bau der ersten Schule zum Beispiel oder der ersten Seebrücke oder des ersten Kurhauses. Festgehalten ist auch der 16. August 1978, als der Bademeister Lutz Lüderitz einen Buckelwal entdeckte (neun Uhr), der vergnügt am Ufer auf- und abschwamm. Das zutrauliche Tier war für Tage die Attraktion von Binz und Umgebung. Ein Lokalredakteur verpasste ihm auch sofort einen Namen. Auch der ist überliefert. „Ossi" steht auf Seite einhundertdreiundsiebzig der Binzer Ortschronik.

Michael kannte die Geschichte.

„Mein Vater ist damals mit einem Boot `raus", erzählte er, als wir uns auf den Weg zum Strand machten. „Er hat den Wal fotografiert. Mit der alten Hasselblad. Die Postkarten hat er dann für eine Ostmark verkauft. An die tausend ist er losgeworden. In einer Saison!"

„Und wie kam er dazu?" fragte ich. „Hat er hier zufällig Urlaub gemacht?"

„Quatsch. Er hatte doch in Göhren seinen zweiten Laden."

„Seinen zweiten Laden?" echote ich. „Weshalb haben wir uns den nicht angesehen?"

Michael wurde immer kleiner unter meinen vorwurfsvollen Blicken.

„Vielleicht habe ich es vergessen", wich er aus. „Vielleicht habe ich auch erwartet, dass du was erzählst."

„Was sollte ich denn erzählen?"

Ich musste die Augen abwenden. Michael war mir plötzlich unheimlich. Wie aus Glas kam ich mir vor. Und da sagte er auch schon: „Etwas von deinem Vater zum Beispiel."

Seine Stimme war weich und entschuldigend, dennoch schoss mir das Blut in den Kopf. Was wusste Michael von meinem Vater? dachte ich mit halbem Gedanken. Vor uns tauchte die Seebrücke auf. Ihr Einsturz 1912 führte zur Gründung der DLRG, dachte ich mit einem Viertelgedanken und mit einem Achtel: Michael ist ein Hellseher, und mit einem Sechszehntel: Ich werde ihm alles erzählen, das mit dem Schwimmen und das mit Göhren. Dann begannen sich meine Gedanken zu atomisieren. Vor Anstrengung verzog ich das Gesicht.

„Okay", ächzte ich. „Nachher quatschen wir. Jetzt müssen wir noch ein bisschen arbeiten."

Strandtreiben in Binz, stand auf dem Drehplan. Zwei dicke Frauen waren unsere ersten Motive. Vor neugierigen Blicken durch einen Halbkreis von Sonnenschirmen geschützt, lagen die beiden auf dem Rücken, vollführten gymnastische Strampeleien und sahen wie gewaltige Käfer aus, die mit ihren Beinen in der Luft herumruderten.

Ich lachte laut, Michael zischte nur. Er hatte das Mikrofon angeschaltet, mein Lachen verdarb seinen O-Ton.

Wir zogen weiter. Am Ufer bauten Kinder eine Burg mit Fahnen und Türmen, mit verwinkelten Wassergräben und hölzernen Zugbrücken. Eine kleine verwunschene Welt war da im Entstehen. Zu schade auch, dass sie dem nächsten Rüpel nicht standhalten würde, machen das Zerstören und Wehtun doch mindestens ebenso viel Spaß wie das Aufbauen und Heilen.

„Sind Sie vom Fernsehen?" fragte ein Ehepaar.

Der Mann und die Frau waren groß und hager und hatten eine Haut aus braunem Pergament. Sofort blieb ein zweites Paar stehen. Die beiden waren jünger und derber, mit einem Dauerlächeln in ihren krebsroten Gesichtern.

„Sind wir", antwortete Michael stolz.

„Von welchem Sender denn?" fragte ein drittes Paar.

Er war schmal aber muskulös und hatte einen knochigen, bis zum Scheitel rasierten Schädel. Sie war nicht weniger muskulös, nur ihre Haare trug sie ein paar Zentimeter länger.

„Vom Norddeutschen Rundfunk", antwortete ich noch stolzer.

„Vom Norddeutschen Rundfunk? Oh!" girrte das zweite Paar und lachte auf der Stelle.

„Auf Ihrer Kamera haben Sie aber gar keinen Aufkleber drauf." In den Augen des ersten Paares glimmte leises Misstrauen.

„Was denken Sie, was beim Sender los ist!" erwiderte Michael laut und wichtig. „Die Redaktionen wollen eine Reportage über nachhaltigen Urlaub nach der anderen haben. Klima ist Top-Thema! Nicht nur in Rostock und Stralsund, auch in Hamburg. Da ist dem NDR das Equipment ausgegangen und so müssen wir uns halt mit Mietgeräten behelfen."

„Plastiktüten benutzen wir ja schon lange nicht mehr!" unterbrach ihn das zweite Paar nicht weniger wichtig. Als die beiden abermals auflachen wollten, klatschte Michael in die Hände, hob sich die Kamera auf die Schulter und rief: „Können wir anfangen?"

„Nehmen Sie uns etwa auf?" fragte das dritte Paar und straffte sofort Brust und Schultern.

„Natürlich", erwiderte Michael. „Wir drehen einen Bericht für die Tagesthemen. Binz, das Saint Tropez des Ostens! Müssen Sie heute Abend unbedingt sehen. So kurz vor elf."

Gegen und Nehmen, das ist der Stoff, der die Welt zusammenhält. Die sechs gaben uns die Illusion, ein gutbezahltes Team des NDR zu sein, und wir gaben ihnen die Illusion, einmal ihre Durchschnittlichkeit abzuwerfen und über Millionen Fernsehbildschirme zu flimmern.

Doch nicht nur sie waren an diesem stillen, brütenden Julitag auf Gaukelei und Hokuspokus aus. Fünf grauhaarige Frauen und drei grauhaarige Männer waren es ebenfalls. Mit Tüchern und Schals umwickelt, als kämen sie geradewegs von einer Kreuzfahrt im Polarmeer, liefen sie am Strand entlang und verteilten Flugblätter. Ich gab Michael ein Zeichen. Die Unerbittlichkeit in ihren Gesichtern verhieß nichts Gutes. Zwei Frauen machten sich auch sofort daran, Pfähle in den Sand zu rammen. Aber keine Sonnenschirme spannten sie an den Hölzern auf, so viel sommerliche Harmlosigkeit vertrug sich nicht mit ihren empörten Gemütern, Transparente mussten es sein. Nieder mit dem und dem und Nie wieder das und das. Ich las nicht, ich wischte nur mit schrägem Blick über die Buchstaben.

Das nun erboste eine der grauhaarigen Frauen außerordentlich. Ich bin groß. Wo andere Gesicht und Miene in der Menge verbergen können, ragt meins wie eine Signalfahne heraus. Die Frau steuerte auch sofort auf mich zu, auf den Lippen schon ein strenges, belehrendes Wort. Doch da entdeckte sie Michael, er ist ja kleiner, entdeckte vor allem die Filmkamera, die noch viel kleiner ist, die Frau machte einen Luftsprung, Hier her! Hier her! riefen ihre schnippenden und zuckenden Finger, und schon hatte sich der ganze Pulk um uns versammelt.

„Ihr seid vom Fernsehen!"

„Wir haben ein politisches Anliegen!"

Die fünf Frauen und die drei Männer sprachen nur in Imperativen. Und wenn sie nicht sprachen, dann schüttelten sie voller Empörung ihre Kleinmädchenzöpfe (die Frauen) oder zupften ungestüm an ihren Ohrringen (die Männer). Sie gebärdeten sich wie Halbwüchsige, die eine Lebensstufe ausgelassen haben. Kindheit, Jugend, Erwachsensein, der klassische Dreisatz galt für die acht nicht. Für sie gab es keine Zeit des Setzens und Reifwerdens. Zornige Jugend und Tod, das war ihr atemloser Lebenstakt.

Nur mit einem Trick kamen wir von ihnen los. Ohne dass sie es bemerkten, steckte Michael einen entladenen Akku in die Kamera. Gleich darauf klatschte er in die Hände und rief: „Alles fertigmachen.“

Die klima-, friedens-, frauen-, tierschutz-, umwelt- und dritteweltbewegten Aktivisten schleppten ihre Transparente heran und postierten sich.

„Achtung Aufnahme!“ rief Michael.

Eine von den Grauhaarigen trat nach vorn, räusperte sich, sagte: „Äh“ und: „Wir“ und wieder: „Äh“.

Da klatschte Michael ein zweites Mal in die Hände. Unüberhörbar piepte die Kamera: Low Battery.

Einem Bärtigen in weiten Pumphosen kam als erster der Satz von der Arroganz der Technik über die Lippen. Andere fingen den Satz auf und schleuderten ihn auf das Meer hinaus. Ohne Murren nahm das Meer die glühenden Worte und kühlte sie auf seinem tiefen Grund.

Nach einem kurzen Meeting zog der Trupp zur Seebrücke. Dort oben wären sie ganz anders präsent als auf dem flachen Strand, beratschlagten sie.

Dort oben hätten sie aber auch einen ganz anderen Überblick und würden schnell unsere Mogelei erkennen, wenn wir weiterfilmten, beratschlagten wir. Palaver oder Pause? Aus Bequemlichkeit und weil wir hungrig und ein wenig müde waren, entschieden wir uns für Pause, klappten das Stativ zusammen und suchten uns einen Imbissstand. In „Willis Strandbar" am Ende der Promenade fanden wir ihn. Einem herrlichen Fleckchen Erde mit Bänken und Strandkörben und einem unvergleichlichen Blick zum Steilufer der Granitz hinüber.

Während wir am Tresen unsere Bestellung aufgaben, begann Michael wieder von seinen Frauen zu erzählen. Er sprach leise und hielt den Kopf oft gesenkt, als könne er sich nur so auf einen Namen oder ein Ereignis besinnen. Kurz bevor wir an der Reihe waren, stellte ich eine Frage, nur um nicht so stumm neben ihm zu stehen. Die Frage interessierte mich nicht und ich hatte sie auch sofort vergessen. Doch Michael sah auf, sah mich mit einer Mischung aus Staunen und Erschrecken an, und da erkannte ich, dass er nicht mir die Geschichten erzählte. Er selbst wollte sie hören, wieder und immer wieder. Mich brauchte er für seine Selbstgespräche nur als Statisten. Ich war sein Alibi, um nicht als Schrullkopf und Sonderling dazustehen. Da ich aber auch seine Einsamkeit erkannte und sein stilles Leiden an sich und dem Schwerwerden der Zeit, verzieh ich ihm. Sollte er nur reden und sich an den alten Feuern wärmen, ich würde ihm schon zuhören.

Nach dem Essen (Michael zweimal Currywurst und zweimal Pommes, ich einmal Boulette mit Mayonnaise) rief ich erneut in der Firma an.

Wie am Vormittag, so ging auch jetzt Ria an den Apparat. Ihre Stimmung hatte sich gebessert.

„Stell` dir vor", sagte sie ohne Gruß. „Wir bekommen die Hälfte unserer Gehälter noch in dieser Woche ausgezahlt."

„Von welchem Monat denn?" wollte ich wissen. „Vom Mai, vom Juni oder vom Juli?"

Mir entging das Knacken in der Leitung. Plötzlich meldete sich Richard.

„Vom Mai natürlich", antwortete er. „Das Gehalt für den Juli musst du dir wohl erst noch verdienen."

Der Satz war nur ein Hauch, war nur so ein Wehen. Dennoch entging mir nicht der scharfe, befehlende Tonfall. Von einer aufspringenden Wut gepackt, wollte ich etwas erwidern.

„Wenn bei dir nichts läuft, dann machen ich das mit Elizabeth eben allein", begann ich.

Ich schichtete die Worte wie Bauklötze übereinander. Ein wackliges, fragiles Türmchen. Ein Lachen genügte, um es wieder umzustoßen. Und Richard lachte auch sofort.

„Ach, du", jappte er. Einfach nur: „Ach, du."

In meinem Magen stampften sofort hundert Pumpen los. Die Mayonnaise, dachte ich, ich hätte sie nicht essen dürfen! Der Schwindelanfall kam so plötzlich, dass er mir die Lippen aufeinanderpresste. Ein Wort oder eine unbedachte Bewegung und ich musste mich übergeben. Ich sah nach links, nach rechts, nach oben. Der Himmel war ein rußiger Metalldeckel, nie wieder würde er sich öffnen. Einen Herzschlag darauf begannen die Fliehkräfte der Ohnmacht die ersten Brocken aus meinem Bewusstsein herauszuschleudern. Ich schloss die Augen, alles blieb klar und hell. Der rußige Himmel, meine Hand mit Michaels Smartphone, „Willis Strandbar", die Bäume ringsum. Die Bäume begannen sich zu drehen, der nächste Brocken flog davon. Ich verlor das Gleichgewicht und stolperte.

„Mein Gott, hilf mir", stöhnte ich.

Und da geschah das Wunder. Der Himmel öffnete sich und eine Hand fasste nach mir. Die Hand war kurz und breit und roch nach Myrrhe und Lavendel. Sie stützte und hielt mich, bis der Himmel gelb und lila wurde und langsam, ganz langsam wurde er dann auch wieder blau. Als ich zu mir kam, saß ich auf einer Parkbank. Michael saß neben mir und fragte: „Willst du einen Kaugummi haben?"

Ich winkte müde ab. Das Pumpen in meinem Magen hatte noch nicht aufgehört.

„Ich Idiot!" schimpfte ich. „Ich vertrage keine Mayonnaise und esse doch immer wieder welche."

Michael war wieder die fürsorgliche Amme. Mit einer Zeitung fächelte er mir Luft zu, er holte Selterswasser von einem Kiosk und ein Fläschchen Boonekamp und als ich aufstehen wollte, drückte er mich auf die Bank zurück.

„Du bist krank", sagte er.

Ich protestierte sofort.

„Gut", verbesserte er sich, „dann bist du momentan unpässlich. Und alle momentan Unpässlichen müssen stillsitzen und sich ausruhen."

Michael trug Stativ und Kamera.

Michael fuhr den Volvo.

Michael studierte Hotel- und Quartierlisten.

Und Michael fand für uns schließlich auch ein preiswertes Ferienhäuschen.

Der Pfarrer und Rügenchronist Helmholdt von Bosau schrieb einmal, dass Gastfreundschaft bei Slawen als große Tugend gelte. Neunhundert Jahre Germanisierung Rügens haben diese Tugend nicht völlig verweht. In der Nähe des alten Binzer Friedhofes entdeckten wir einen schütteren Rest.

Das Häuschen war ein umgebauter Hühnerstall mit Blümchentapete und röhrenden Hirschen über den Betten, im Bad standen Polsterstühle und in einer erleuchteten Vitrine hockten zwei Gartenzwerge, von denen der eine seinen überdimensionalen Hintern zeigte und der andere seinen überdimensionalen Phallus. In dem Zimmer stand aber auch ein frischgebackener Kuchen mit einem Willkommenskärtchen in der Mitte. Auf der Stelle mit Blümchentapete und röhrenden Hirschen versöhnt, knipste ich die Lampen in der Vitrine aus und sagte: „Hier halten wir`s doch aus. Oder?"

Michael war der gleichen Meinung. Er hatte bereits seine Wunderkiste in die Küche geschleppt und kochte Kaffee. Zu dem Häuschen gehörte auch eine kleine Terrasse. Auf die setzten wir uns, streckten die Beine aus und ließen es uns gut gehen. Richard hatte ich vergessen. Nur noch als Schatten irrlichterte er durch meinen Kopf. Wie in Lauterbach schliefen wir bald ein, und wie in Lauterbach träumte ich von Supermärkten, in deren Regalen ich Zucker und Mehl suchte.

Erst am späten Nachmittag kehrten wir zur Strandpromenade zurück. Die acht Demonstrierer waren verschwunden. Ungestört konnten wir unsere Kamera aufbauen. Das schwer werdende Licht machte Michael ganz euphorisch. Er trieb mich durch die Straßen und filmte und filmte und war wie besessen. Nicht eine Villa ließ er aus und nicht ein Hotel. Immer neue Blei verglaste Fenster, Springbrunnen, gusseiserne Laternen und holzverkleidete Veranden entdeckte er. Nach drei Stunden ging mir die Kraft aus.

„Drehen wir hier einen Architekturfilm?" jappte ich erschöpft.

Ich faltete die Hände und hob sie beschwörend zum Himmel empor. Doch das war genau die falsche Geste. Der Himmel über

Binz war ein riesiges feuriges Segel. Michael musste dieses Segel unbedingt aufnehmen.

„Es kommt gut, es kommt gut!" rief er voller Leidenschaft.

Noch ehe ich protestieren konnte, war er bei der Kamera und lief die nächste Straße hinunter.

„Nur noch eine Einstellung", keuchte er auf dem Kirchberg.

„Nur noch eine Einstellung", keuchte er am Schmachter See.

Um neun verlor ich die Geduld.

„Ich kann nicht mehr!" schrie ich ihn an.

Michael duckte sich entschuldigend.

„Wir machen ja gleich Feierabend", erwiderte er. „Aber einmal müssen wir noch zum Strand."

Er zupfte mich bittend am Ärmel.

„Das ist dann wirklich der allerletzte Set."

Er wurde es nicht.

Am Strand lernten wir Peter Hofmann kennen. Der kleine Mann, dem ein viel zu großer Kopf auf den Schultern saß, hatte uns noch nicht begrüßt, da begann er auch schon seine Lebensgeschichte zu erzählen. Er war in Bergen auf Rügen geboren, sein Vater hatte dort eine Steinmetzerei betrieben und Steinmetz wollte auch Peter Hofmann werden.

Er fasste in seine Jacke und holte einen aus Sandstein geschabten Christuskopf hervor. Der Kopf gefiel mir. Ich sagte es dem Mann. Mein Kompliment machte ihn verlegen.

„Ich bastle dauernd so 'n Zeug", wandt er sich. „Mein ganzes Zimmer ist voll davon."

Er kratzte sich seine hohe, von einer alten, porösen Haut überzogenen Stirn.

Um ihn abzulenken, meinte ich: „Steinmetz ist ein krisensicherer Beruf."

„Ich bin ja gar kein Steinmetz", erwiderte er, nun erst recht verlegen. „Ich habe Koch gelernt."

Seine Augen waren scheue, verschreckte Tierchen, die sich tief in ihre Höhlen zurückgezogen hatten.

„Auch was krisenfestes", antwortete ich und sah auf das Meer hinaus. Ein Fischerboot nahm Kurs auf Sassnitz. Der winzige Kahn machte so viel Rauch wie eine ganze Dampferflotte.

„Dreher habe ich auch gelernt", fuhr der Mann mit einem steilen Lachen fort. „Und Hotelier bin ich außerdem."

Sein Lachen stammte von einem ganz anderen Tier. Es war wild und roh und ohne jede Angst.

Ich sah ihn ungläubig an.

„Dann gehen Sie doch hin in die Sternstraße", brüllte er sofort, „und fragen Sie, wem der „Göteborger Hof" gehört!"

Michael gab mir ein Zeichen, der letzte Akku war verbraucht.

„Und warum sind Sie dann hier und nicht dort?" fragte ich sanft, um den Mann nicht weiter zu reizen.

Umsonst.

„Weil dort die Hexe sitzt!" brüllte er nur noch lauter. „Deshalb!"

Für ein paar Sekunden hatten sich die scheuen Tierchen aus ihren Höhlen herausgewagt.

„Ich habe nämlich 'ne Hexe als Frau!"

„Sie schickt mich immer weg, wenn sie einen bei sich hat", schniefte er weinerlich. „Dauernd hat sie einen anderen Kerl im Bett! Immer einen von diesen jungen, parfümierten Schnöseln."

Er hüstelte ein paar Mal, griff in seine Jackentasche, zog eine Wodkaflasche hervor und setzte sie sich an den Mund. Er reichte auch mir die Flasche. Die scheuen Tierchen hatten sich davongestohlen, um sich irgendwo in der blauen Nacht einen Unterschlupf zu suchen.

Als er Michael die Flasche zuschob, fragte er: „Wie spät hast du`s Kumpel?"

Es war kurz nach zehn. Er hatte noch Zeit. Vor elf durfte er sich nicht im Hotel blicken lassen. Er setzte die Flasche ein zweites Mal an die Lippen, hob zum Gruß die Hand und ging, die Füße nachlässig im Sand schleifend, in Richtung Steilufer. Er war schon in dem grau werdenden Licht verschwunden, da rief er noch: „Danke. War schön, mit euch zu quatschen."

Wir hoben sofort die Arme. Vielleicht sah er unser Winken, und wenn er es nicht sah, dann ahnte er es vielleicht.

„Einsamer Mensch", ächzte Michael.

Die beiden Worte blieben lange über unseren Köpfen hängen. Michael dachte dies, ich dachte das, nur allmählich kamen andere Worte hinzu. Es gibt viele einsame Menschen, beispielsweise. Oder: Die Welt ist voll von ihnen.

„Ich bin auch allein", meinte Michael irgendwann.

Er begann erneut von seinen drei Ehefrauen zu erzählen. Er wiederholte oft Sätze oder sprach sie stockend und langsam. Ich hörte ihm zu, unterbrach ihn nicht und lenkte ihn nicht ab. Jetzt war ich kein Statist. Jetzt erzählte er die Geschichten für mich allein.

In den vielen Pausen sahen wir auf das Meer hinaus. Ein Schiff hatte die Horizontlinie erreicht. Stet und unaufhaltsam verschwanden seine Positionslichter in dem schwarzen Wasser. Der Anblick war mir unheimlich. Es war kein Unterschied darin, ob das Schiff nur einfach davonfuhr oder ob es versank. Wir konnten also ebenso gut Zeuge einer Katastrophe sein.

Bislang war die See wie eine Freundin für mich gewesen, beinah wie eine Geliebte. Jede See war es. Doch nun spürte ich nach so vielen Jahren zum ersten Mal etwas wie Misstrauen. Hinterhältig konnte meine Freundin sein und falsch und gnadenlos.

„Warte", rief ich, als Michael fortfahren wollte. Ich nannte ihn den Namen meines Vaters. „Sagt er dir nichts?"

Es war zu dunkel, um eine Antwort von seinem Gesicht abzulesen. Ich wiederholte den Namen.

„Deutscher Meister im Brustschwimmen neunzehnhundertsiebenundfünfzig und achtundfünfzig."

Michael reagierte wiederum nicht. Er saß nur da und starrte mich an.

„Er hat mich trainiert", erklärte ich. „Erst privat und später in einem Klub."

„Privat trainiert?" fragte Michael zurück. „Wie geht das denn?"

„Na, zum Beispiel, indem ich immer um den Buskam 'rum musste."

„Immer um den Buskam 'rum?" wiederholte Michael mit tonloser Stimme.

In seinen Körper kam Bewegung. Er begann langsam hin- und herzuschaukeln.

„Klar. Im Sommer waren wir in Göhren doch Stammgäste."

„In welchem Jahr?" fragte er lauernd.

„In all` den Jahren. Von neunzehnhundertfünfundsiebzig an."

Da sprang er auf und klopfte mir wieder und wieder auf Rücken und Schulter. Er umarmte mich sogar.

„Das gibt es doch nicht", brüllte er. „Dann müssen wir uns kennen! Ich war doch mit meinen Alten auch jeden Sommer in Göhren. Mein Vater hatte hier oben doch seinen zweiten Laden."

Erschöpft vom Lachen, vom Schulterklopfen und Umarmen, warf er sich wieder in den Sand.

„Erzähle weiter", bat er mit noch immer stoßendem Atem.

Ich zündete mir erst ein Zigarillo an, ehe ich fortfuhr.

„Jeden Tag hat er mich um den Buskam gejagt. Ich weiß gar nicht mehr wie oft. Hundert Mal oder tausend. Und wehe, ich versuchte zu mogeln. Dann gab`s gleich Prügel. Bei ihm gab es immer gleich Prügel."

Es gibt Tage, die sind aus dem Fluss der Zeit herausgenommen. Sie vergilben nicht und setzen weder Rost noch Patina an. Jedes Detail, jede Einzelheit bleibt konserviert. Im Guten wie im Bösen. Der 10. August 1984 war so ein Tag für mich. Aus Unlust war ich vor der Zeit vom Hallentraining in die Umkleidekabine zurückgekehrt. Ich hatte mich noch nicht abgetrocknet, da war mein Vater auch schon heran. Sein erster Schlag war ein Ausrutscher gewesen. Ich hatte sofort grinsen müssen. Warum renne ich nicht weg, hatte ich gedacht. Hatte es ruhig, beinah behaglich gedacht: Warum renne ich nicht nach Amerika. Aber da waren die Mauer dazwischen und der Ozean. Mist und Scheiße, hatte ich weitergedacht. Dann hatte mich der zweite Schlag am Hals getroffen. Sofort war alles Denken weggewesen und alles Grinsen. Vier Mal hatte mein Vater noch zugeschlagen. Dann war ich davongerannt. Eine Woche darauf saß ich in Westberlin und ließ mich als Held feiern.

„Wie bist du rübergekommen?" wollte Michael wissen.

„Ich bin durch die Lübecker Bucht geschwommen. Das kam damals sogar im Fernsehen."

„Hattest du keine Angst? Ich meine, nicht nur vor den Grenzern, sondern vor dem Meer?"

„Ich jedenfalls hätte Angst gehabt", fügte er nach kurzem Schweigen hinzu.

Die Positionslichter des Schiffes waren verschwunden.

„Hhm", brummte ich in ihre Richtung. „Heute hätte ich wohl auch Angst."

Am Nordhimmel hatte sich ein Streifen Helligkeit erhalten. Auf den starrten wir und warteten. Und dann kam sie. Kam von ganz fern, kam silbern und mächtig über das Meer galoppiert, die an Wundern satte Ewigkeit.

Es war Mitternacht vorüber, als wir zu unserem Hühnerhäuschen mit der Blümchentapete und den röhrenden Hirschen zurückkehrten. Ich legte mich sofort ins Bett, während Michael noch im Zimmer herumwuselte. Immer wieder fehlte ihm etwas oder er musste etwas suchen, einen Schuh, einen Bleistift, ein Taschentuch. Oder er begann plötzlich in einer Zeitung zu blättern oder Akku-Sets zu sortieren. So viel Sinnloses musste er tun, um für die Nacht ruhig zu werden.

„Leg` dich endlich hin", drängte ich ihn.

Michael schreckte wie aus einem Traum auf. Er sah mich verdutzt an und rannte ins Badezimmer. Den Kopf, rief er, den müsse er sich unbedingt noch waschen.

Er hatte die Badezimmertür fest verschlossen. Ich sollte nicht sehen, wie er sein Haar erst mit einer Lotion vorreinigte und wie er dann lange und aufwendig ein teures Nerzöl in die Haut einmassierte. Ich sah es aber trotzdem. Seine Kosmetiktasche war ebenso groß wie mein Rucksack. Schon in Lauterbach hatte mich die Neugier gekitzelt. In einem unbeobachteten Moment hatte ich die Tasche über einem Stuhl ausgeschüttet und ihren Inhalt untersucht.

„Du wirst noch schönster Mann Rügens", frotzelte ich.

Michael aber verstand mich nicht und rief durch die Tür: „Was hast du gesagt?"

Die Betten waren schmal. Wenn wir schnarchten, dann schnarchten wir einander direkt ins Ohr. Ich war schon am Einschlafen, als Michael ins Zimmer zurückkehrte. Eine knarrende Diele weckte mich.

„Entschuldige", hauchte er.

Er roch nach Mandelkleie und nach Kamillencreme.

„Du riechst wie ein Weib", gähnte ich.

„Das ist auch alles von meinem Weib", antwortete er mit einer Selbstverständlichkeit, als schleppten alle Männer rucksackgroße Cremetaschen mit sich herum.

„Sie hat einen Kosmetiksalon."

Er beugte sich zu mir nieder und flüsterte: „Weißt du, was wir heute haben?" Er gab auch gleich die Antwort. „Hochzeitstag. Ich hätte eigentlich anrufen müssen. Wir sind jetzt acht Jahre zusammen."

Er fasste in seinen Kosmetikbeutel, zog eine silberne Taschenflasche hervor (die war mir in Lauterbach entgangen) und fragte: „Willst du einen? Für die Nacht?"

Während ich trank, bürstete er sich die nassen Haare.

„Warst du schon mal acht Jahre mit einer einzigen Frau zusammen?"

„Nicht ganz", antwortete ich.

Ich erzählte ihm von Gabi, der Mutter meiner ersten Tochter.

„Aber eine gemeinsame Wohnung hatten wir nie", beendete ich meinen Bericht.

Michael knipste das Licht aus und fragte in die Dunkelheit: „Auch nicht mit einer anderen Frau?"

„Nein. Ich habe immer allein gelebt."

„Vielleicht haben es deine vielen Freunde gemacht", sagte er mehr zu sich als zu mir, „dass du das Alleinsein ausgehalten hast."

Es ist etwas Wunderbares, im Bett zu liegen und mit der Dunkelheit zu sprechen. Man ist nur noch Stimme, hat keinen Körper mehr, keinen Namen und kein Gesicht. Man ist überaus leicht und frei, und man ist auch überaus mutig.

„Ich hätte auch gern Freunde", sagte Michael irgendwann. Und nach einer Pause: „Es ist schon komisch im Leben eingerichtet. Geld und Arbeit findest du an jeder dritten Ecke, eine Frau an jeder vierten, nur einen Freund findest du nirgendwo.

„Ach, Michael", antwortete ich. „Sie sind schon da. Sie haben sich nur verkrochen. Es sucht sie eben niemand. Und wahrscheinlich braucht sie auch niemand."

Ich unterbrach mich. Michael sollte mir widersprechen, tat es aber nicht.

„Freundschaft braucht Zeit", fuhr ich fort. „Man muss auf sie warten können. Manchmal sein halbes Leben."

„Aber das ist doch längst vorbei", stöhnte er leise.

„Du musst eben geduldig sein", erwiderte ich mit milder Priesterstimme.

„Ich bin fünfzig", stöhnte Michael noch leiser. „Es ist nicht leicht, mit fünfzig geduldig zu sein."

Unserer Unterhaltung zog immer engere Kreise, wurde dichter und dichter. Zeit sammelte sich, Zeit verrann. Wir hatten längst aufgehört zu sprechen und schwiegen dennoch nicht. Nun waren es unsere Gedanken, die sich miteinander unterhielten.

Was ein Freund für mich sei, wollte Michael zuerst wissen.

Alles, antwortete ich. Er ist Bruder, Vater und Sohn zugleich.

Liebe und Freundschaft sind aus dem gleichen Stoff gemacht. Es gibt keinen Unterschied zwischen ihnen. Bis auf die Leidenschaft. Die Kohlen, die einem die Freundschaft ins Feuer legt, schlagen keine Flammen, sie wärmen nur. Dafür aber findet man in ihrer Asche selbst nach Jahren noch immer ein Stückchen Glut verborgen.

Nach mehreren Anläufen fragte Michael dann, ob wir nicht Freunde werden könnten.

Vielleicht, grübelte ich. Wenn wir uns genug aneinander gewöhnt hätten, könnten wir es vielleicht werden.

Vielleicht, antworteten auch die Gardinen und die Stühle und die Schränke. Sie nahmen unser Gespräch auf und führten es fort. Erstaunt und auch ein wenig ungläubig hörten wir ihrem Geraune zu. Bis der Schlaf gesprungen kam und uns mit weichen Händen die Ohren verschloss.

Der sechste Tag

ZUM JAGDSCHLOSS Granitz fuhren wir mit dem Auto. Ein außerordentliches Privileg, ist dort jeder Privatverkehr doch seit Jahren verboten.

Unserem Hauswirt Otto hatten wir das Sonderrecht zu verdanken. Der redselige Mann, auch er hatte uns zur Begrüßung gleich seine Lebensgeschichte erzählt, war zur Kurverwaltung und zum Bürgermeister gelaufen, hatte telefoniert und geredet („Binz muss medienfreundlicher werden, Karsten!") und hatte schließlich den Schlüssel ausgehändigt bekommen („Es ist der letzte, Otto!"), der das rot-weiße Gatter am Ende der Bahnhofstraße für uns öffnete. Jener Helmholdt von Bosau hätte seine helle Freude an so reichlicher Gastfreundschaft gehabt.

Noch vor dem offiziellen Einlass konnten wir das Schloss betreten. Auch das hatten wir Otto zu verdanken.

„Sonst rennen euch die Touristen doch glattweg über den Haufen, Jungs!"

Er nannte uns immer nur Jungs. Auf unseren Schlossrundgang könne er uns nicht begleiten („Leider, leider."), er müsse nach Bergen ins Krankenhaus. Seine Enkelin erwarte ihr erstes Kind („Und keinen Mann dazu!"). Das ganze Frühstück über mussten wir uns ihre Leidensgeschichte anhören.

„Ihr beiden seid wohl nicht zufällig noch frei, Jungs?" fragte er zum Abschied.

Für Momente wurde sein Mund ein dürrer, bitterer Strich. Michael wollte ein Foto von der Frau sehen, doch da war Otto schon bei den Attraktionen des Jagdschlosses angelangt. Den Marmorsaal müßten wir unbedingt aufnehmen und Schinkels Wendeltreppe und dann natürlich die Rundsicht vom Mittelturm.

Wir parkten den Volvo direkt vor dem Schlosseingang. Neben der Tür stand der Wächter und winkte, wir wurden bereits erwartet. Der Mann war so groß und breit, dass selbst Michael schmal und schmächtig neben ihm wurde. Beleuchtungskoffer, Kamera, Mikrofonset und Stativ, der Mann klemmte sich alles auf einmal unter seine mächtigen Arme.

„Passen Sie bloß auf", versuchte ich einzuwenden. „Sie werden sich schmutzig machen."

Ich zeigte auf seinen blauen Anzug, auf dem sich bereits ein paar Sandflecken markierten. Der Wächter aber lachte nur. Er habe den Anzug extra für uns angezogen. Auch er nannte uns Jungs.

Wir stiegen zuerst auf den Turm hinauf. Michael filmte, der Wächter redete und ich stützte Kinn und Kopf auf die Hände und sah ungläubig über Rügen hinweg. In der Landschaft war eine so reine, eine so absolute Schönheit, dass mir das Herz zu klopfen begann. Ich wünschte Michael fort, ich wünschte den Wächter fort, ganz allein wollte ich auf dem Turm stehen, stundenlang, tagelang, und wollte langsam in dieser Landschaft versinken. Das Glücksgefühl kam wie ein Sturm über mich. Richtig geschüttelt wurde ich.

„Wir müssen gehen", hörte ich Michael von fern rufen. „Die Touristen kommen gleich."

Der Wächter war bereits die Treppe hinuntergestiegen und hatte im Foyer seine Stellung bezogen.

„Noch eine Minute", bettelte ich.

Michael gab mir vier. Vor Dankbarkeit knuffte ich ihn.

Der Andrang der Ausflügler war so heftig, dass wir uns nur mit Mühe einen Weg ins Erdgeschoß bahnen konnten. Doch nicht nur auf der Treppe, in allen, dem Publikum zugänglichen Räumen wurde geschubst und gedrängelt. Auf die Einstellung des Marmorsaales, die uns Otto, unser Hühnerstallvermieter, empfohlen hatte, mussten wir verzichten.

„Kommen wir eben morgen früh noch mal her und holen alles nach", schlug Michael vor.

Blieben nur die Außenaufnahmen. Nach zwei Stunden war die Arbeit getan. Es war elf Uhr, mein zweiter Frühstückshunger meldete sich. Unweit vom Schloss gibt es einen Biergarten mit einer kleinen schattigen Terrasse. Auf die steuerten wir zu. Wir sahen schon von weitem den Trupp junger Leute, der sich um einen Stehtisch drängte. Eine Frau führte das Wort. Mal sprach sie schwäbisch, mal plattdeutsch und mal berlinerte sie auch.

Die Überraschung ist eine gewaltige Kraft. Sie riss uns Arme und Hände empor und ließ uns mit einer Heftigkeit winken, als hätten wir schmerzlich vermisste Freunde wiedergefunden.

„Hallo, ihr da", riefen wir.

„Hallo, ihr da", riefen Anna und Jessica zurück.

Die Überraschung hatte noch lange Macht über uns. Sie ließ uns immer wieder laut auflachen und törichte Fragen stellen. Nach den Omas in Bergen zum Beispiel oder nach einem tätowierten Schönling, der sich seine langen Haare zu einem Dutt aufgeschnürt hatte und der ganz ungeniert die beiden Mädchen anstarrte. Die Überraschung ließ Michael schließlich auch die Einladung aussprechen, mit uns in das Hühnerhäuschen zu fahren. Anna sagte sofort, ja. Jessica aber wackelte noch unschlüssig mit dem Kopf. Alles an ihr war breit, der Mund, die Stirn, die Nase, die Schultern. Dennoch war sie hübsch.

Sie sah suchend zu dem Schönling hinüber. Der jedoch hatte nur ein abfälliges Grinsen für sie übrig. Er verdrehte sogar die Augen. Da sagte Jessica so laut, dass auch der Langhaarige den Satz verstehen konnte, dass sie mit uns käme. Dazu lachte sie. Das Lachen machte ihr Gesicht noch breiter, machte es aber auch noch schöner.

Beim Auto angekommen, setzte sie sich mit der Selbstverständlichkeit eines Kindes auf den Beifahrersitz und knipste den Radioapparat an. Irgendwer sang ein schnelles, fröhliches Lied. Erst leise, dann immer lauter summte Jessica die Melodie mit. Michael staunte. Sie hatte eine feste, wohlklingende Stimme.

„Du bist talentiert", hauchte er.

„Du bist talentiert", hauchte er wenig später auch auf der Terrasse unseres Hühnerstalls.

Jessica hatte sich ein paar Zuckerwürfel gegriffen und jonglierte mit ihnen in der Luft herum. Michael und ich folgten dem Auf- und Abgesause mit offenem Mund.

„Ich gehe auf eine Artistenschule", erklärte sie.

Ihr war ein Zuckerstück entglitten. Sofort schoss Michael vor, bückte sich und reichte ihr den Würfel, ohne dass sie ihr Jonglieren unterbrechen musste.

„Mach` weiter!" rief er und rannte ins Haus, um gleich darauf mit einem Fotoapparat zurückzukehren.

Er ließ Jessica auf einem Tisch jonglieren und auf einem Stuhl, er ließ sie liegend jonglieren und in der Hocke, er fotografierte sie von vorn und von hinten und von oben und von der Seite und hauchte nach jeder Einstellung: „Du bist wirklich talentiert."

Er trieb das Mädchen durch den ganzen Garten. Immer gewagtere Einstellungen fielen ihm ein. Schließlich musste Jessica auf eine Leiter steigen, die Froschperspektive fehlte ihm noch. Es folgte wieder das Jonglieren und In-die-Hocke-gehen. Doch plötzlich geriet die Leiter ins Wanken und noch ehe Michael zufassen konnte, plumpste Jessica ins Gras.

„Ich blute", quiekte sie. „Ich muss zum Arzt. Ich bin verletzt."

Sie fuhr sich über die Wange. Die Kuppe ihres Zeigefingers rötete sich.

„Hab` dich nicht so!" krähte Anna voller Schadenfreude. „Ist doch nur `ne Schramme".

Während Jessicas Vorstellung hatte sie die ganze Zeit über unbeachtet auf einem Gartenstuhl sitzen müssen. Entsprechend groß waren ihre Rachegelüste.

„Mach` Tempo, Alte", krähte sie weiter. „Um drei sind wir mit der Clique verabredet."

Sie ließ einen Schwall von Flüchen auf Jessica niederregnen.

Kaum waren die Mädchen durch das Gartentor verschwunden, stritt ich mich mit Michael. Wo die Mädchen schlafen sollen, wollte ich wissen. In unseren Betten? Und wie wir dort liegen würden? Zu zweit oder zu dritt oder zu viert?

„Ich habe keine Erfahrung im Gruppensex", fauchte ich.

„Ich habe auch keine Erfahrung", fauchte Michael zurück. „Wenn es so weit ist, werden wir schon wissen, was wir zu tun haben."

Ich nannte ihn einen naiven Dummkopf. Michael nannte mich einen verklemmten Feigling.

„Damit du es weißt", rief er. „Ich habe Jessica ein Angebot gemacht. Sie hat Talent. Sie könnte uns die Elizabeth spielen."

Ich beschimpfte ihn wieder. Ein ausgemachter Idiot war er jetzt, der nicht kapierte, dass Elizabeth von Arnim kein Teenager mehr gewesen war, als sie 1904 Rügen bereiste, sondern eine außerordentlich reife Frau. Wir stritten noch, als die Mädchen zurückkehrten. Der langhaarige Schönling hatte sie gebracht. Er war mit seinem roten Golf Cabrio dicht ans Gartentor herangefahren.

„Hi", grüßte er.

„Hi", antwortete Michael.

Ich sagte: „Guten Tag."

Die Mädchen wollten ihr Gepäck holen. Auch Jessica. Der Triumph ließ kleine Lacher in meiner Kehle herumkobolzen. Die Lacher waren alle für Michael bestimmt. Da geht dein großer Filmstar, spotteten sie. Nicht mit dir wird er heute Nacht im Bett liegen, spotteten sie weiter, sondern mit einem Schönling, der sich die langen Haare zu einem Dutt zusammengedreht hat.

Jessica hatte als erste ihre Sachen beieinander. Sie warf sich den Rucksack über die Schulter und ging mit tänzelnden Schritten auf den Golf zu. Der Schönling stellte das Autoradio lauter. Sofort stampften tausend Tomtoms durch den Garten. Vor dem Golf angekommen, warf Jessica die Arme in die Höhe als wollte sie einen Flamenco tanzen. Doch schon nach ein paar Takten passte sich das Kreisen und Wippen ihrer Hüften dem halllosen Rhythmus der Trommeln an. Der Schönling grinste. Er schnellte von seinem Sitz hoch und brachte erst mit kurzen Stößen seinen Unterkörper zum Schwingen, um ihn dann herausfordernd gegen den des Mädchens zu drücken. Plötzlich aber brach die Musik ab. Anna stand wie eine Säule neben dem Golf. Eine Hand noch auf den Tasten des Autoradios schrillte sie. „Müsst ihr eure Show ausgerechnet vor den alten Spannern abziehen?!"

Michael begriff als erster, dass sie uns meinte.

„Wir sind, äh, keine Spanner", stotterte er. „Wir wohnen hier."

Ich brauchte ein paar Sekunden länger, ehe ich mich gefasst hatte.

„Genauso ist es!" polterte ich los. „I-h-r spannt hier herum. Und I-h-r verschwindet hier auch!"

Ich packte Annas Rucksack und warf ihn ins Auto. Wir waren nicht in dem kläglichen Kaff Thiessow. In dem schönen, kraftvollen Binz musste ich nicht leise vor mich hinbrummen. In Binz konnte ich nach Herzenslust brüllen.

„Fahrt zur Hölle!" schrie ich.

Nicht nur Anna und Jessica, ich wünschte alle Frauen zum Teufel. Die jungen und die alten, aber besonders die jungen. Schrecklich sollten ihre Qualen im Fegefeuer sein. Ich wünschte auch Michael zum Teufel. Ihm allein hatte ich die Begegnung mit den beiden Mädchen zu verdanken.

„Ich gehe schwimmen!" fuhr ich ihn an.

Ich musste zu meiner Freundin. Ich brauchte Trost. Die Hände in den Hosentaschen vergraben, rannte ich durch Binz. Die Menschen und die Autos, die mit schnatternden Motoren an mir vorüberfuhren, nahm ich nur beiläufig wahr. Ich rannte den Klünderberg hinauf und wieder hinab, bog nach links in die Putbusser Straße, rannte weiter, rannte immer geradeaus, immer an den gleichen Einfamilienhäusern vorbei. Sie standen wie geputzte Soldaten beieinander. Ein Bataillon aus Stolz und Rechtschaffenheit.

Irgendwann lief ich auch an „Willis Strandbar" vorbei. Von der Bar aus hatte ich mit Berlin telefoniert. Ich wollte nicht an Richard denken, und ich tat es auch nicht. Leer sollte alles in mir sein. Leer und tot. Ich erreichte die Klippen, vor mir lag die See. Sie war treu und verlässlich und nahm mich auf, ohne eine einzige Frage zu stellen.

Am Ufer angekommen, zerrte ich mir die Kleider vom Leib und sprang ins Wasser. Es war so still, dass ich beim Schwimmen mein Atmen hören konnte. Ich kraulte weit hinaus. Der Nachmittag füllte die Bucht mit einem matten, beruhigenden Licht. Ich tauchte so lange und so tief, bis mir schwindlig wurde. Als sich die Erschöpfung einstellte, war sie mir wie eine Erlösung. Da drehte ich mich auf den Rücken und schwamm, nur mit den Händen paddelnd, zum Ufer zurück.

Auf der Promenade liefen schöne, weiße Menschen an schönen, weißen Häusern vorbei. Irgendwo dort liefen auch Anna und Jessica. Redeten dort, lachten dort. Lachten auch über mich, nannten mich einen Spanner und alten Trottel.

Meine Wut kehrte mit kurzen, harten Stößen zurück. Ich bereute es, sie kennengelernt zu haben, ich bereute es, nach Rügen gefahren zu sein und als ich mit frischer Düsterkeit auf unser Hühnerhäuschen zustampfte, bereute ich es auch, Michael begegnet zu sein. Er passte nicht zu mir. Es passte überhaupt kein Mensch zu mir. Ich war ein Einzelgänger, ein Sonderling, war ein schrulliger Alter.

„Aus und Schluss und vorbei!" rief ich zu den Balkonen hinauf, auf denen Geranien und Tagetes blühten. „Es hat alles keinen Zweck. Ich fahre nach Hause!"

Aber es kam wieder ganz anders.

„Julia!" kreischte plötzlich jemand in einem Garten „Ich halte das nicht mehr aus."

Die Assoziationen verketteten sich. Julia, dachte ich sofort. Ich sah sie vor mir, sah ihren warmen, roten Mund, der nicht stillstehen und nicht ausruhen konnte. In Frankfurt am Main hatte ich sie kennengelernt, in einer Teeküche des Hessischen Rundfunks. Sie hatte ihren Kaffee stets in einer Porzellankanne gebrüht. Dadurch war sie mir aufgefallen. Ebenso stets hatte sie dem Kaffeepulver eine Prise Salz und eine Löffelspitze Kakao hinzugefügt. Niemand tat das sonst im ganzen Haus. Maschinen kochten dort ein finsteres, lebloses Gebräu. Julias Kaffee aber lebte. In ihm war Bewegung und Kraft. Jeden Morgen hatten wir uns getroffen. Immer zwischen zehn und elf.

Geh` zu Michael, war Julias erster Satz.

Michael schlief. Er lag im Zimmer auf einer Couch. Sein Mund stand offen, er schnarchte leise.

Setz` dich zu ihm, flüsterte Julia.

Folgsam nahm ich einen Stuhl und ebenso folgsam setzte ich mich auch.

Sieh ihn an, redete Julia weiter auf mich ein.

Michael hatte eng beieinanderstehende Augen. Die Augen machten ihn hässlich und sein breiter Kopf machte ihn hässlich und seine gefärbten Haare und seine fahl gewordene Haut und die Leberflecken und die Borsten in der Nase.

Sieh ihn trotzdem an! befahl Julia.

Nach jedem Streit, und wir stritten uns oft, hatte sie von mir verlangt, dass ich mich ihr gegenübersetzen und sie so lange und so intensiv ansehen sollte, bis das Bellen meiner Wut verklungen war.

Ich versuchte es wieder mit Michaels Augen und seinen gefärbten Haaren.

Vierzig Prozent aller Deutschen haben keine Freunde. Auch diese Information verdankte ich Julia. Sie las ständig psychologische Bücher und Zeitschriften. Michael war so ein Deutscher.

Ich probierte es ein drittes Mal mit den Augen und den rapsgelben Haaren.

Und ein viertes Mal, als Julia sagte: Alle zehn Jahre verdoppelt sich die Rate der Depressiven in Deutschland. Julia redete immer viel, selbst an normalen Tagen. Wenn sie aber eine manische Phase hatte, wurde sie unerträglich. Deshalb hatten wir uns auch getrennt.

„Julia!" hatte ich im Herbst 1989 auf der Zeil geschrien, als sie mit jedem Bettler sein soziales Elend erörtern musste. „Ich halte das nicht mehr aus!"

Ein paar Wochen darauf war die Mauer gefallen und ich war nach Berlin zurückgekehrt.

„Was ist los mit dir?"

Ein sanfter Stoß weckte mich. Nun war ich es, der gemustert und taxiert wurde. Mein schmaler Kopf und meine halbe Glatze und meine fahl gewordene Haut und meine Leberflecken und die Borsten in der Nase. Michael stieß mich ein zweites Mal an.

„He, Sportler", grinste er, fuhr aber plötzlich hoch und rief: „Wo sind die Mädchen?"

„Wo sollen sie schon sein?" gähnte ich. „Sie sind mit dem Typen fort."

Michael sackte wieder zusammen.

„Wir sind ein paar Hornochsen. Ist dir das klar? Ein paar dämliche, alte Hornochsen."

Er sackte noch weiter in sich zusammen."

„Weißt du", begann er, und ich glaubte schon, er würde wieder mit seinen Frauengeschichten anfangen, doch dann erzählte er plötzlich von der Wende. Wie er sich zu Weihnachten 1989 zum ersten Mal alt gefühlt habe. Vor einer Litfaßsäule in Kreuzberg in Westberlin. Genauer, vor einem Werbeplakat, das auf die Litfaßsäule geklebt war. Alles andere als froh sei die Botschaft gewesen, die ihm das Mädchen verkündet hätte. Ich, habe es immerzu gerufen, ich bin die Jugend!

„Neunundachtzig?" Ich verzog ungläubig das Gesicht. „Da warst du doch grad mal zwanzig. Da warst du doch selber noch jung."

„War ich nicht!" widersprach Michael heftig. Der Ärger huschte in kleinen Wellen über seine Stirn. „Die Jugend, die da an den Litfaßsäulen klebte, war nicht meine Jugend! Ich kannte sie nicht und sie kannte mich nicht."

„Diese Jugend wollte mich auch nicht kennen", fügte er böse hinzu. „Ich habe sie gestört. Ich war für sie der dumme August, weil ich nicht wusste, was Tiramisu ist."

Nach kurzem Überlegen knurrte er bitter: „Ich habe sie auch mit meiner Sprache gestört. Als ich das „SO 36" in der Oranienstraße einmal Gaststätte nannte, hat der ganze Saal getobt. So rede hier keiner mehr, hatten sie gebrüllt."

Die Wellen auf seiner Stirn falteten sich immer heftiger.

„Diese neue Gesellschaft hatte nur eine Botschaft für mich: Du bist von gestern! Du bist überflüssig! Wir brauchen dich nicht!"

Ich hatte sofort viele Julia-Sätze im Kopf und ich sagte sie ihm auch alle, als Antwort taugte aber nicht ein einziger. Wir waren am Rande der Sprache angelangt. Es gab dort keine Sätze mehr und keine Worte. Es gab nicht einmal ein Höm und Öhh und Thh, sondern nur noch Schweigen. Und so schwiegen wir, bis Michael nach langer Pause fortfuhr: „Mir wurde meine Jugend weggenommen. Regelrecht geklaut wurde sie mir. Damals habe ich noch gedacht, ach, das wird sich schon richten. Die Zeit, das Schicksal oder weiß ich wer wird mir meine Jugend schon zurückgeben."

Er seufzte lange und laut.

„Haben sie aber nicht."

Er seufzte wieder lange und laut.

„Und heute ist es zu spät."

„Gewiss", erwiderte ich und rückte mit dem Stuhl noch näher an die Couch heran. „Aber Gesellschaft und Schicksal sind doch nicht alles. Da gibt es doch noch mehr."

„Und was bitte?" fragte er hart.

„Das Private zum Beispiel. Unser Liebesleben oder unser Freundesleben."

Michael sah mich lange an. Dann senkte er den Kopf. Dann sagte er heiser: „Ich habe beides nicht."

Es gibt ein Schweigen, das ohne Druck und ohne Schwere ist. Es gelingt nur Menschen, die sehr vertraut miteinander sind. Und Michael war mir plötzlich vertraut, als würde ich ihn seit Jahrzehnten kennen.

Das widersprach ganz entschieden dem Einmalseins des Lebens. Oder hatte ich mit Michael auf der gleichen Schulbank gesessen und mit ihm die erste Zigarette geraucht? War ich dabei gewesen, als seine Kinder geboren wurden oder als er sich eine Siegestrophäe nach der anderen in den Schrank stellte? Wusste ich, ob er zu Hause das Geschirr abwusch oder diese Arbeit seiner Frau überließ? War mir bekannt, ob er seinen Müll sortierte, Bier und Milch nur in Pfandflaschen kaufte und ob er wählen ging oder Demokratie für eine Karnevalsveranstaltung hielt, mit Büttenreden und Pappnasen?

Ich wusste es nicht. Ich war auch ein schlechter Mathematiker. Um Michael zu verstehen, musste ich mich an andere Größen halten. An seine Augen zum Beispiel oder an seine Stimme. Die war wieder weich und hell geworden, als er „Komm` doch mal her!" sagte.

Er hatte sich von der Couch erhoben, war zum Fenster gegangen und hatte seine Stirn gegen die Scheiben gelehnt.

Was tausend mühsame Worte nicht schafften, schaffte der rote Abendhimmel im Handumdrehen. Er gab Michael eine Vorstellung und machte seine Welt wieder glatt und rund. Den Brand von Rom spielte er ihm vor und nach einer kurzen Pause: Golgatha in Flammen.

„Wolken sind was Herrliches!" raunte er begeistert. „Manchmal ist mir, als würde es die Welt dort oben noch einmal geben."

Er winkte nach mir.

„Sie ist nicht unbedingt schöner, aber sie ist ganz bestimmt ein bisschen gerechter."

Er sah mich auffordernd an, als erwartete er eine Bestätigung. Und als ich endlich nickte, fuhr er ebenso begeistert fort: „Was hier unten klein ist, machen die Wolken groß. Und was sich zu sehr aufgeblasen hat, schrumpft da oben wieder zusammen."

Wir standen noch lange am Fenster und sahen in das Glühen und Lodern des Abends. Wir rauchten dabei, schwatzten, tranken Bier und fühlten uns wohl. Als die Dunkelheit heraufzog, setzten wir uns auf die Veranda, um zu telefonieren. Ich besprach Birgits Anrufbeantworter, eine Woche war sie schon auf Kreta, für meine Grüße brauchte ich nicht einmal eine Minute.

Michael brauchte länger. Er sprach immer hastiger und immer lauter mit seiner Frau, und so erfuhr ich, dass er gestern nicht nur Hochzeits-, sondern auch Geburtstag gehabt hatte. Michael war ein Krebs. Krebse sind mir neben Stieren die liebsten Sternzeichen. Ich sagte es ihm. Für Michael aber war jede Astrologie nur barer Unsinn. Ich wollte trotzdem seinen Krebsgeburtstag feiern. Ohne auf seine Proteste zu achten, nahm ich ihn beim Arm und zog ihn in die „Binzer Bierstube" in der Bahnhofstraße, in der wir noch einen vergnügten Abend miteinander hatten.

Der siebte Tag

AUCH PRORA war Sperrgebiet. Gleich zwei Minister ließen im Herbst 1950 Soldaten in der Schmalen Heide aufmarschieren. Ein deutscher und ein russischer. Stopp! ließ der eine auf die Verbotsschilder schreiben und Stoj! der andere. Wo einst viele Kraft durch Freude für ein paar Wochen finden sollten, fanden nun wenige Mühsal und Pein für ein paar Jahre. Das Bad der Zwanzigtausend wurde Kaserne.

Die Ruinen, die schwarz und merkwürdig unter dem geschliffenen Sommerhimmel standen, machten Michael wieder ganz euphorisch. Obwohl unser Drehplan Prora überging, zu Elizabeths Zeiten war der Ort nichts weiter als ein junger Kiefernwald, zwischen dem hin und wieder die See aufblitzte, fuhr und rannte er an den endlosen Fluchten des ehemaligen KdF-Bades entlang und filmte und fotografierte und war wie besessen. Nicht eine Halle, nicht einen Häuserblock ließ er aus. Immerzu fand er neue Säulen und Treppen und Portale, selbst eine kyrillische Inschrift entdeckte er. Ich gab ihm zwei Stunden. Als die Zeit herum war, stellte ich mich ihm in den Weg.

„Jetzt reicht es!" zischte ich.

Michael aber lachte nur und rannte weiter. Im Gesicht ein Glühen, wie es nur Kinder haben, die ernsthaft und tief in ein Spiel versunken sind. Ich sah ihm nach und begriff zwischen Kopfschütteln und Streichholzanzünden, dass er nicht fertig werden wollte, dass ihn Ergebnisse nicht interessierten. Das Endgültige, Unverrückbare war ihm ein Gräuel. Er wollte nur spielen, wollte nur immer den Seifenblasen nachjagen, die ihm freundliche Hexen eine nach der anderen aufbliesen.

Ich aber wollte etwas ganz anderes. Auf meine Brust hatten sich wieder kleine Gewichte gelegt. Eine Woche war herum. Höchstens eine Woche blieb uns noch. Ohne dass ich es bemerkte, hatte die Zeit ihre Last ausgetauscht. Nicht die vielen Tage, die hinter uns lagen, machten mich jetzt schwer, sondern die wenigen, die wir noch hatten. Darüber wollte ich nachdenken und über die Firma wollte ich nachdenken und über Birgit. Doch kaum hatte ich mich auf den roten Kaitreppen niedergelassen, kamen Bauarbeiter und vertrieben mich.

Aus der Großen Pfeilerhalle vertrieb mich eine Reisegruppe. Die Männer und Frauen kletterten durch die Ruine und suchten lärmend nach der Vergangenheit. Was werden sie fragen, wenn sie sie gefunden haben? Wieviel Vergangenheit ein Mensch verträgt? Oder werden sie nur stumm dastehen und erschaudern und sich klein und elend fühlen vor so viel Vergeblichkeit und Tod.

Aus dem ehemaligen Theater (dessen Wiedereröffnung geplant sei, wie ein Plakat an der Tür verkündete), vertrieb mich ein Schauspieler. Mit aufgeblähten Nüstern kam der Mann herangeprescht. Verschwinden solle ich, schnaubte er, ich hätte eine Probe gestört. Er hatte Augen wie ein Mörder. Ich nahm auch sofort Reißaus. Das Schauspielerleben muss kein sehr fröhliches Leben sein, wenn es so eiserne Gesichter macht. Oder ist ein geheimer Fluch daran schuld, der auf diesem unmöglichen Ort lastet? Erst Tanzsaal, dann Kaserne, dann Theater, dann Lagerraum, dann wieder Theater. Oder ist es der kärgliche Spielplan selbst? Zwischen „Heiteren Krabbeleien" und Operettenrevuen a la „Papageno spielt auf der Zauberflöte" bleibt einem Mimen nicht viel Entfaltungsmöglichkeit. Da nimmt er jede Gelegenheit wahr, um sich in Szene zu setzen. Selbst wenn es nur ein Zaungast ist, dem er seine Entrüstung ins neugierige Gesicht blasen kann.

DIE FEUERSTEINFELDER gab es schon, als Elizabeth mit ihrer Zofe Gertrud und ihrem Kutscher August über Rügen zockelte. Die flachen Wälle aus Steinen, Moosen und Wacholderbüschen gibt es mindestens seit zehntausend Jahren. Dennoch erwähnt sie Elizabeth in ihrem Buch mit keinem Wort. Auch unser Drehplan ignorierte dieses geologische Kuriosum, das kein zweites Mal in Europa zu finden ist.

Wir hielten nur kurz auf dem Parkplatz, weil Michael sein Wasser abschlagen musste. Über dem Meer zogen Wolken auf. Erst kleine, flinke Bälle, die wie Kundschafter am Himmel entlanghuschten, dann größere, imposantere. Ein ganzes Geschwader war da unterwegs.

Das Gewitter zog langsam und gemächlich heran. Zum Anfang war es nur ein Spiel aus Rauch und Dunkelheit. Doch dann fiel mit einem Mal der Regen wie Tod und Teufel über das Land her. Wer sich in ein Haus retten konnte, stellte sich ans Fenster, freute sich, noch einmal davongekommen zu sein, und bestaunte die kleinen Wunder der Katastrophe. Wir fuhren an den Straßenrand, schalteten den Motor aus und starrten auf das Rauschen und Strömen ringsum. Trotz des Getöses machte sich eine eigentümliche Ruhe in uns breit. Wir mussten nichts sagen und nichts erklären, nicht uns und nicht die Welt. Wir brauchten nur dazusitzen, Herz und Augen aufzusperren und uns leerzudenken. Eine Gedichtzeile von Rose Ausländer fiel mir ein:

Wir wollen nur, was unser eigen:

Des Wunders dämmerndes Gesicht!

Wir wollen immer tiefer schweigen,

Von Nacht zu Nacht, von Licht zu Licht.

SAGARD schimmerte. Der Regen hatte die Stadt mit einem frischen Glanz überzogen, als wäre es plötzlich Frühling geworden. Der Glanz stand Sagard gut. Er füllte die eng stehenden Häuser, an die man sonst vorüberfährt, ohne sie zu bemerken, mit Leben. Hinter ihren Fenstern kochten Frauen und Männer hämmerten und Kinder spielten oder Männer kochten, Kinder hämmerten und Frauen spielten. Doch dann war der finstere Himmel plötzlich aufgebrochen, immer größere Fetzen hatte die Sonne hinweggerissen. Der Vilm dampfte, Zirkow dampfte, Lietzow dampfte und schließlich dampfte auch Sagard.

Das Regime der Sonne war grausam. Mit einer einzigen Lohe leckte sie die Stadt trocken. Nichts blieb. Kein Glanz und keine kochenden Kinder und keine hämmernden Frauen und keine spielenden Männer.

Sagard im Sonnenschein macht traurig. In dem unerbittlichen Licht, in dem kein schiefes Dach und kein blindes Fenster verborgen bleibt, wird die leblose Stadt noch lebloser.

Wir holten Kamera und Stativ erst gar nicht aus dem Auto, sondern flüchteten uns am Bahnhof in den „Mühlenblick" und setzten uns dort in die dunkelste Ecke. Unmöglich konnte die grausame Sonne bis dorthin gekommen sein. Und sie war es auch nicht. Als die Wirtin die Speisen und Getränke brachte, kehrte jener Frühlingsglanz auf Tische und Teller zurück. Wir hatten Bauerngrützwurst bestellt, eine regionale Köstlichkeit, die uns schnell wieder mit Sagard und mit der Sonne versöhnte.

SASSNITZ schimmerte nicht. Weder in frühlingsweiß, noch in herbstgrau, noch in einer anderen Farbe. „Machen Sie um Sassnitz einen großen Bogen!" beschwor uns mein Reiseführer aus dem Jahre 1995. „Die Stadt bietet nur Trostlosigkeit. Rein gar nichts ist geblieben von dem mondänen Seebad, in dem Johannes Brahms und Theodor Fontane Kraft und Schöpfertum für neue Werke gefunden hatten. Zwar ist die Strandpromenade neu und adrett, aber die heruntergekommenen Fabrikhallen stören die durchkonstruierte Schönheit doch sehr. Es stören auch die vielen Trinker und Alkoholiker, die wohl einst im VEB Fischkombinat Sassnitz mit Heringe filetieren und Konservendosen spülen ihr Auskommen gehabt hatten."

„Sassnitz war früher d-i-e Hochburg der Säufer gewesen", unterbrach Michael mein Vorlesen. „Wusstest du das nicht?"

Ich wusste es nicht.

Getrunken wird auf der Strandpromenade auch heute noch. Allerdings kein Billigbier, klammheimlich auf einer Parkbank, sondern raffinierte Cocktails und edlen Prosecco in noch vielen edleren Bars. In den neu erstandenen Häusern und Hallen des ehemaligen Fischkombinats wird aber auch geliebt. VANESSA + MAX = LIEBE war riesengroß auf eine Fabrikmauer gesprüht. Soll diese Gleichung noch lange Gültigkeit haben. Mindestens zehntausend Jahre.

In Sassnitz rief ich zum fünften Mal in der Firma an. Richard redete und lachte wieder viel. Die Firma sei total umgekrempelt worden, wieherte er, neue Kapitalgeber wären gefunden und ein verändertes Gesellschaftermodell sei angeschoben. Nun würde es wieder stramm bergauf gehen. Sein Gewieher.

Ich glaubte ihm mit der Inbrunst eines Kindes. Ich brauchte die Illusion von Stabilität und Ordnung, um fortfahren zu können. Mit der Reise und mit dem Leben überhaupt.

Wohlgelaunt kehrte ich zum Auto zurück. Michael hatte das Autoradio eingeschaltet. Radio MV spielte zwischen Beatles und Backstreet Boys immer wieder Hopsasalieder. Wer hätte vor dreißig oder vierzig Jahren geglaubt, dass so viel Bürgerschreck einmal so niedlich klingen würde. Unser Kulturverschleiß ist enorm. Nicht mehr lange und Bushido wird im Musikantenstadel auftreten.

Da es für die Zimmersuche noch zu früh war, fuhren wir zum Stadthafen hinunter. Wir schlenderten an den Kais und Fischkuttern entlang, auf denen energische Männer mit energischen Gesichtern Netze für die nächste Fangfahrt sortierten, und hofften, in einem verborgenen Eckchen wenigstens einen von den berüchtigten Trinkern zu finden. Das Schicksal war uns nicht gnädig. Anders als in Binz, lief uns in Sassnitz kein Peter Hofmann über den Weg, den ein böser Gott bereits zu Lebzeiten zu einem Höllendasein verdammt hatte.

So strichen wir: „Hafenimpressionen. Das Schöne und das Hässliche zeigen. Wie Alt und Neu dicht an dicht beieinanderstehen, ohne sich doch nahezukommen." Drehplan Seite dreiundzwanzig.

Wir strichen auch: „Hafenmole. Spaziergänger und Segler in der Nachmittagssonne." Drehplan Seite vierundzwanzig.

Auf der breiten Mauer saßen die klima-, friedens-, frauen-, tierschutz-, umwelt- und dritteweltbewegten Aktivisten und verteilten Flugblätter. Nieder mit dem und dem und Nie wieder das und das. Ich entdeckte sie als erster.

„Feind in Sicht!" raunte ich Michael zu und zog auf der Stelle den Kopf ein. Jeden Moment konnten die hartgesichtigen Männer und Frauen auf uns aufmerksam werden. Wir haben ein politisches Anliegen! Wir verlangen Medienpräsenz! Ich sah ihre Imperativsätze schon in den eisblauen Himmel hinaufschießen.

Als wir uns herumdrehten, stand Anna hinter uns. Sie hatte eine Bierdose in der Hand und sah verheult aus.

„Hi", brummelte sie.

Die Gleichgültigkeit ist eine ebenso mächtige Kraft wie die Überraschung. Sie riss uns aber nicht Arme und Hände empor wie am Schloss Granitz, in Sassnitz machte uns die Gleichgültigkeit nur stumm. Nicht einmal einen Gruß hatten wir für sie. Ein knappes Kopfnicken genügte.

„Sie haben mich abgehängt."

Anna heulte so laut und so schrill auf, dass sich ein paar Hafenarbeiter nach uns umdrehten.

„Schon in Binz."

Die Enttäuschung ist eine noch viel größere Kraft. Sie ließ Anna die Bierdose auf den Asphalt schleudern und unter wilden Flüchen auf sie herumspringen. Jessica sei gar nicht ihre Freundin, keuchte sie im Rhythmus ihrer stampfenden Füße. Sie wäre eine Notlösung. Ihr Urlaub sein heran gewesen und sie hätte niemand zum Verreisen gehabt. Auch Jessica hätte niemand gehabt. Da sie nicht allein fahren wollte, habe sie schließlich in den sozialen Netzwerken Annoncen aufgegeben: Suche Partnerin für Urlaubstrip, spätere Freundschaft nicht ausgeschlossen. Vier Frauen hatten sich gemeldet. Die dritte hatte eine breite Stirn, eine breite Nase und einen breiten Mund. Selbst ihre Schultern waren breit. Dennoch war sie hübsch.

Annas Geschichte rührte uns. Und da wir ein wenig feige und ein wenig bequem waren und da es ein erhabenes Gefühl ist, etwas Gutes zu tun, behielten wir sie bei uns. Wir kauften ihr ein zweites Bier, wir gingen mit ihr essen, und wir kutschierten mit ihr auch in der Stadt herum.

In der Hafenstraße glaubte Anna zum ersten Mal, das Auto des tätowierten Schönlings zu sehen.

„Da vorn fährt er", rief sie aufgeregt.

In der Stralsunder Straße musste Michael gleich hinter zwei Golf Cabrios herfahren. Das eine war weinrot und der andere ziegelrot.

„Welcher ist es denn nun?" fragte er gereizt.

Anna wusste es nicht. An einer Kreuzung fuhren das weinrote Cabrio nach links und das ziegelrote geradeaus.

„Und wo soll ich langfahren?"

„Nirgendwo lang", fiepte Anna.

Das Ampellicht sprang auf Grün, Michael legte einen Gang ein und löste die Kupplung, im gleichen Moment stieß Anna die Tür auf.

„Ich muss hier raus!" schrie sie.

Michael zog die Tür wieder zu. Dabei geriet der Kombi ins Schlingern und wäre beinah gegen einen Kleinbus geprallt.

„Bist du wahnsinnig!" brüllte Michael.

Als vor uns der Parkplatz eines Supermarktes auftauchte, bremste er und ließ den Volvo in eine Parkbucht rollen.

„Endstation", sagte er mit unbewegtem Gesicht.

Ohne zu zögern, sprang Anna auch aus dem Auto. Doch das war noch lange nicht das Ende. Allmählich ahnte ich es. Einen Menschen lernt niemand per Zufall kennen. Jede Begegnung hat ihre wüste, undurchschaubare Notwendigkeit. Der Herrgott ist ein Schelm. Wird ein Kind gezeugt, diktiert er seinen Engeln sofort dessen Lebensplan bis in die kleinste Kleinigkeit, nur um das Papier bei der Geburt wieder zu zerreißen und in alle Winde zu streuen. An diesem Donnerstagnachmittag aber flog mir ein Schnipsel meines Lebensplans zu. Anna stand darauf geschrieben: Sassnitz, Böttcherstraße Nummer sechs.

Anna kam auch prompt um die Ecke gebogen, als wir die Kamera in der Böttcherstraße vor einem verwitterten Bauschild auspackten, auf dem zu lesen stand, dass eine Olympia Eiendorn AS aus Oslo den ehemaligen „Reichshof" zu einem moderne Stadt- und Ferienhotel umbauen wolle. Auf dem Schild wurden für das Projekt noch liquide Interessenten gesucht.

Vielleicht war der „Reichshof" jenes Hotel, das Effi Briest und Baron von Instetten zu vornehm erschienen war. Ich erzählte Michael und Anna die Anekdote aus Fontanes Roman. Ich erzählte ihnen auch, wie das Paar im nahegelegenen Dorf Crampas nach einer billigeren Bleibe Ausschau gehalten habe, dann wegen Effis merkwürdigem Kopfschmerz, sie fühlte sich in Crampas auf Schritt und Tritt an ihren gleichnamigen Verehrer erinnert, aber sofort nach Dänemark weitergereist sei.

„Effi war ein Opfer ihrer Zeit", bemerkte Anna mit wichtig gekrauster Stirn.

Ich krauste meine Stirn noch viel wichtiger und erwiderte, dass sie das Buch wohl kaum kennen dürfte. Mein Hochmut wurde auf der Stelle mit einem überlegenden Grinsen bestraft. Anna kannte nicht nur den „Stechlin" und „Mathilde Möhring" und „Stine" und den „Schach von Wuthenow".

„Ich habe die Bücher auch alle gelesen."

Ihr Grinsen changierte ins Verächtliche.

„Von Anfang bis Ende!"

Mit einem tiefen, um Vergebung bittenden Diener nahm ich meinen Hochmut zurück. Sogar meine rechte Hand hatte ich mir auf die Brust gedrückt. Nie wieder wollte ich in meinem Leben gering von jungen Frauen denken, die ein dreieckiges Gesicht haben und ein spitzes Kinn und eine knochige Nase.

Johannes Brahms aber kannte sie nicht. Sie wusste auch nicht, dass er Musiker gewesen war und seine Erste Sinfonie in Sassnitz komponiert hatte. Auch Elizabeth erwähnt den großen Mann mit keinem Wort. Meine Recherchen hatten keinen Anhalt für ihre Ignoranz ergeben. Brahms war zu ihrer Zeit bereits eine europäische Berühmtheit und Elizabeth war eine (womöglich nicht sonderlich musikalische, dafür aber eine) äußerst kunstsinnige Frau. Obendrein war sie Schriftstellerin und der Hamburger bot eine Reihe außerordentlich neugierig machender Schrullen. Seine Orden zum Beispiel bewahrte er grundsätzlich in einer Zigarrenkiste auf und die schönsten Lieder fielen ihm beim morgendlichen Schuheputzen ein. Auch Brahms Reiselust hätte Elizabeth interessieren müssen, die gar keine Lust gewesen war, sondern schiere Not. Trieb den berühmten Komponisten doch nichts weiter als übergroße Einsamkeit kreuz und quer durch Europa.

„Ist es denn ein Leben so allein?" las ich Michael und Anna ein Brahmszitat aus dem Drehplan vor. „Die einzige, richtige Unsterblichkeit ist doch in unseren Kindern."

Ein Schmetterling flatterte heran und setzte sich zu uns auf die Treppenstufen. Seine Schönheit adelte die staubigen Steine und machte sie ebenso leicht und heiter wie er selbst war.

„Dann sind wir Deutschen wohl das einsamste Volk der Welt", murmelte Michael.

„Weil wir so wenig Kinder haben?" fragte Anna.

„Nein. Weil wir so viel verreisen."

Anna erhob sich und stand, den Zeigefinder gegen das spitze Kinn gedrückt, still und zerbrechlich in dem diffusen Licht des Nachmittags.

„Du meinst, unser ganzes Herumkutschieren und Urlaubmachen ist nichts anderes als ein Davonrennen vor dem Alleinsein?"

Michael setzte zu einer Erwiderung an, doch da kamen Touristen die Treppe herabgestiegen. Sofort flog der Schmetterling auf und die Steine waren wieder so grau und staubig wie zuvor. Michael sah dem Schmetterling nach, erst als er über einen Fliederbusch hinweggesegelt war, nickte er. Doch dann ging ein Ruck durch seinen massiven Körper, er griff nach der Kamera und rief: „Jetzt ist genug geschwatzt. Jetzt wird wieder gearbeitet!"

Anna blieb die ganze Zeit über bei uns und machte sich mit kleinen Handreichungen angenehm. Sie fragte nicht viel und redete nicht viel. Nur einmal blieb sie stehen, drückte wieder den Zeigefinger gegen ihr spitzes Kinn und sagte: „Ich habe euch belogen, ich bin gar nicht aus Rottweil."

Sie war in Wilster geboren, einem Städtchen in der platten Weite der holsteinischen Marsch. Ihre Mutter war erst siebzehn Jahre alt gewesen, als sie gezeugt wurde, und ihr Vater sechsundfünfzig. Auf einem Erntefest hatten sich die beiden kennengelernt. Sie hatten ein paar Mal miteinander getanzt, dann waren sie nach draußen gegangen. Zwischen einem Lagerschuppen und einem Bretterstapel hatten sie sich postiert. Ritsch, ratsch war alles erledigt gewesen. Zehn Monate später hatte Annas Mutter dann in einem Zug nach Berlin gesessen. In der Tasche eine Abfindung und einen Mietvertrag für eine Hinterhauswohnung in Schöneberg. Annas Vater aber war im Städtchen geblieben. Er hatte Familie und viel Verantwortung als Vorsteher des Amtes Wilster in der holsteinischen Marsch.

Ich sah Anna an, ich sah Michael an. Welch` neckische Laune war dem Großen Schelm vor vierundfünfzig Jahren in den Kopf geschossen? Hatte er seinen Engeln späte Liebe diktiert oder späte Freundschaft? Oder hatte er nur einfach das Wörtchen Jux zu Protokoll gegeben mit Doppelstrich und Ausrufezeichen? Ich suchte den Himmel nach einer Antwort ab, wenigstens aber nach einem Fingerzeig. Doch kein Schnipsel kam geflogen, nicht einmal ein Staubkorn.

Für Michael und Anna hatte er nicht viel mehr. Dabei war er unser aller Vater. Sah er nicht unsere Hilflosigkeit? Wir waren in einem Hotelzimmer untergekommen, das so winzig war, dass wir übereinander hinwegsteigen mussten, um in die Betten zu gelangen. Warum tat er nicht, was tausend andere Väter auch tun, ihren verunsicherten Kindern mit zärtlichem Rat zur Seite zu stehen? Wir würden uns ausziehen müssen und wir würden nackt sein in der Enge und uns schämen und wir würden dennoch so tun müssen, als kümmerte uns Nacktheit und Scham nicht und als wäre es für uns ganz selbstverständlich in Slips und Unterhosen in einem Hotelzimmer herumzuspringen.

Die Lösung war dann sehr irdisch. Anna wurde plötzlich müde und meinte, sie wolle am anderen Tag früh aufstehen, um hinüber nach Bornholm zu fahren. Sie hatte ihren Rucksack wie ein Schutzschild vor sich aufgebaut.

„Ihr könnt ja noch spazieren gehen", schlug sie uns mit hastiger Stimme vor.

„Machen wir doch sofort", antworteten Michael und ich noch viel hastiger.

Wenn der Schelm schon späte Liebe in unsere Pläne geschrieben hatte, dann bestimmt nicht mit dem Vermerk: In Sassnitz auf Rügen.

Wir liefen ohne Ziel durch die Stadt. Redeten dieses und jenes, redeten auch über Anna. Sie verwirre mich, sagte ich. Immer sei sie das Gegenteil von dem, was ich gerade annehmen würde. Michael sagte ähnliches. Dachte er, sie sei eine Lügnerin, war sie eine Heilige. Dachte er, sie sei dumm, war sie klug. Dachte er, sie sei durchtrieben, war sie einfältiger als ein Lamm. Eine Unterhaltung wurde aus unserem Spekulieren und Mutmaßen aber nicht, und so schwiegen wir und sahen mit Erschaudern zu, wie sich der Tag aus der Stadt zurückzog. Die Straßen, die Plätze, die Dächer und Fassaden, alles wurde finster und grau. Die wenigen Reflexe, die auf

Dachrinnen und Geländern kleben blieben, hatten etwas Bedrohliches, als wären sie die letzten Lichter vor der großen, endgültigen Finsternis.

Für den Weltuntergang war es aber noch ein paar Jahrtausende zu früh. Kaum war es richtig dunkel geworden, erleuchtete ein Feuerwerk die Nacht. Auf der Mole hatte sich eine Schar erwartungsvoller Menschen eingefunden, die jede Rakete mit lautem Beifall begrüßte. Einige sprangen wie Kinder herum, die sich nicht satt sehen konnten an den leuchtenden Wundern, die da über ihnen geschahen. Mit jedem Knall wurde ein kleines Weltall geboren. Es blühte auf, wurde groß und prächtig und erlosch.

Kurz vor Mitternacht regnete es wieder. Ein kurzer, milder Schauer, der die Pflastersteine in gelbes Metall verwandelte. Und mit einem Mal schimmerte Sassnitz doch.

Der achte Tag

DIE STUBNITZ brennt, hatte ich in der Nacht geträumt. Auf den Königsstuhl fielen Bomben und der Herthasee stand in Flammen. Verschwunden waren die Opfersteine, verschwunden war das Waldhaus, verschwunden waren auch die Herthabuche und die tausendundein Märchen, die sich in ihrer Rinde verborgen hielten. Das Undenkbare war geschehen. Es herrschte Krieg in Deutschland. Das war Teil eins meines Traumes.

Und Teil zwei war: Nach der großen Schlacht kamen Heilige über das Meer marschiert, um die geschundene Erde zu segnen. Es war Juli und der Himmel war hoch und heiß. Die Heiligen warfen Samen aus, damit sich das tote Land belebe. Gras ließen sie wachsen und Bäume und Tiere und nach Millionen Jahren ließen sie auch zwei Männer wachsen. Der eine hatte einen breiten Kopf mit Borsten in der Nase und einer fahl gewordenen Haut und der andere hatte einen schmalen Kopf mit ebensolchen Borsten und einer gleich fahlen Haut. Die Heiligen ließen die beiden Männer in einem winzigen Hotelzimmer erwachen. Es war früher Morgen, doch der Himmel war schon hoch und heiß. Sonne fiel auf die Betten, Sonne fiel auf die Männer, Sonne fiel auch auf einen handtellergroßen Zettel.

Ich habe euch erneut belogen, stand auf dem Zettel geschrieben. Ich bin nicht aus Wilster und ich fahre auch nicht nach Bornholm.

IN LOHME fanden wir abermals einen handtellergroßen Zettel. Er steckte in Michaels Kameratasche.

„Ich habe mir die Nikon nur geborgt. Beim nächsten Wiedersehen gebe ich sie zurück. Ganz lieb, eure Anna."

„Von wegen Heilige. Ganz ordinär klauen tut die!"

Michael hatte nur geflüstert, dennoch traten ihm die Adern aus dem Hals. Er nahm die Kameratasche und warf sie mit einem grunzenden Aufschrei gegen die Hecktür des Kombis. Ich bückte mich und hob die Tasche wieder auf. Ich zwang mich, alles langsam und nachlässig zu tun. Michael plötzliche Aggressivität erschreckte mich. Ich hatte ihn noch nie so wütend gesehen. Vielleicht hat Anna den Fotoapparat nur versteckt, schoss mir in den Sinn, aus Übermut oder um sich einen Spaß zu machen. Diebe schreiben ihren Opfern keine Zettel, schon gar nicht mit lieben Grüßen. Ich begann sofort den Kofferraum zu durchsuchen.

„Was machst du da?" herrschte mich Michael an. Er hatte so laut gesprochen, dass ich zusammenzuckte. „Sie hat die Kamera nicht versteckt!"

Ich nahm ihm nicht übel, dass er mich bei den Schultern packte. Ich nahm ihm nicht übel, dass er mich aus dem Kombi stieß und mir dabei wehtat. Aber dass er mich einen alten Trottel nannte, nahm ich ihm doch übel.

„Piff!" zischte ich und lief davon.

Ich lief immer im Kreis. Arkonastraße, Gartenstraße, Zum Steilufer. Ich war viel zu aufgebracht, um mich auf eine bestimmte Richtung zu konzentrieren. Als ich zum dritten Mal die Arkonastraßen hinunterrannte, fragte eine Frau erst: „Kann ich Ihnen helfen?" Und gleich darauf: „Wen suchen Sie denn?"

Unten am Meer gab es keine neugierigen Frauen. So schnell ich konnte, stieg ich die Stufen hinab und setzte mich auf einen Findling. Meine Freundin schlief. Ich zog Schuhe und Strümpfe aus, stupste sie mit den Zehen an und flüsterte: Wach` endlich auf und tröste mich.

Spät erst entdeckte ich den Kopf, der ein paar Mal zwischen den Felsen auftauchte. Anna! dachte ich sofort und winkte. Doch es war nicht Anna. Die Frau hatte rote Haare und versteckte ihr langes Gesicht hinter einer großen Sonnenbrille. Sie starrte aufs Meer hinaus, ohne mich zu bemerken. Plötzlich begann sie heftig zu gestikulierten, als würde sie mit jemand streiten. Sie wird mit ihrem Liebhaber telefonieren, grübelte ich mit einem ersten Gedanken. Dazu passte, dass sie laut gegen den Wind ansprach, der vom Meer herüberwehte. Doch die Frau hatte kein Smartphone in der Hand. Dann wird sie ein zorniges Selbstgespräch führen, grübelte ich mit einem zweiten Gedanken weiter und mit einem dritten: Sie deklamiert die Schlussverse von Goethes „Erlkönig". Und genau so war es auch.

„Mein Vater, mein Vater, und siehst du nicht dort,

Erlkönigs Töchter am düstern Ort?"

„Mein Sohn, mein Sohn, ich seh' es genau:

Es scheinen die alten Weiden so grau.

Ich liebe dich, mich reizt deine schöne Gestalt;

Und bist du nicht willig, so brauch' ich Gewalt.

Mein Vater, mein Vater, jetzt fasst er mich an!

Erlkönig hat mir ein Leids getan!"

Die Frau schien den Druck meiner Blicke selbst über die Entfernung im Nacken zu spüren. Denn plötzlich drehte sie sich herum, machte eine empörte Handbewegung, als wäre sie einem Spanner auf die Schliche gekommen, der seine Lust an ihr befriedigte, und hastete, so schnell es Steine und Felsen zuließen, davon.

In diesem Sommer schien Rügen voll zu sein mit seltsamen, jungen Frauen.

Hans-Georg war nicht weniger seltsam. Er stand am Ufer, zeigte zum Schwanenstein hinüber und sagte, ohne mich begrüßt oder auch nur angesehen zu haben: „Die Kinder sind auf dem Felsen festgefroren."

Ich schätzte ihn auf dreißig Jahre, hatte aber das Gefühl, neben einem Greis zu stehen. Hans-Georgs Haut war welk, auf dem Kopf kräuselte sich nur noch ein magerer Flaum, und alles, was an einem menschlichen Körper herabhängen kann, hing an ihm herab. Die Schultern, das Kinn, die Augenlider. Er war ohne jede innere Spannung.

„Ich bin Hans-Georg", sagte er irgendwann und reichte mir die Hand. Auch die war ohne Spannung. „Ich schreibe eine Bachelorarbeit über Seeunfälle auf Rügen."

Er sah mich mit Augen an, an denen das Leben viel zu schnell vorbeigerauscht war, um ein Quäntchen Aufruhr oder ein Häufchen Revolte zu hinterlassen.

Der Schwanenstein ist ein Findling, der zweihundertfünfzig Meter vom Ufer entfernt im Meer liegt. Am Nachmittag des 12. Februar 1956 spielten Kinder auf dem schon brüchigen Eis. Ein plötzlich aufkommender Sturm brachte das Eis vollends zum Bersten und schnitt den drei Jungen den Rückweg ab. Glücklicherweise war der Schwanenstein nah. Die Kinder konnten sich zu dem roten Granitblock durchkämpfen und waren gerettet. Und verloren zugleich. Spaziergänger entdeckten sie zwar bald, doch der Sturm war inzwischen zu Orkanstärke angewachsen, der weder einen Hubschrauber- noch einen Bootseinsatz möglich machte. Schicksal ereignete sich in jener Februarnacht in Lohme. Im Licht von Militärscheinwerfern mussten die Eltern und die Dorfbewohner mit ansehen, wie das Meer die drei Kinder unter einer immer mächtiger werdenden Eisdecke begrub.

AUCH NARDEVITZ hat einen Findling. Aber keine Tragödien ereigneten sich je auf ihm. Der Große Stein ist einfach nur schön anzusehen. Genau wie das kirchenlose Dörfchen. Die reetgedeckten Häuser stehen nicht zu dicht beieinander, um den Nachbarn in die Töpfe zu schielen, aber auch nicht zu weit, um das Heulen der Einsamkeit zu groß werden zu lassen. Nardevitz hat das Idealmaß von Nähe und Distanz gefunden. Ich suche es noch immer.

Seit vier Stunden schwieg Michael. Höm und Öhh und Thh, mehr Aufmerksamkeit hatte er nicht für mich. Er sah an mir vorbei, sah über mich hinweg oder auch nur einfach durch mich hindurch.

Seine bissige Schweigsamkeit vertauschte unseren Rollen von Opfer und Täter. Nicht er hatte mich in Lohme bei den Schultern gepackt und aus dem Auto gestoßen und mich einen alten Trottel genannt, sondern ich ihn.

„Das ist nicht recht!" empörte ich mich.

Wir liefen einen Feldweg entlang. In den jungen Eichen rechts und links lärmten Bienen. Ihr Gebrumm hatte etwas Feindseliges, als würde ein ganzes Bombengeschwader Anflug auf Nardevitz nehmen.

„So kannst du mit mir nicht umgehen!"

Ich stellte mich Michael in den Weg. Michael knurrte nur böse, bog seine breiten Schultern nach vorn und wäre dieses Mal nicht nur mit den Blicken, sondern mit seinem ganzen Körper durch mich hindurchmarschiert. Einzig eine flinke Drehung rettete mich.

„Bist du toll geworden?" schrie ich ihm nach.

Welche Prüfung legte mir der Große Schelm da auf? Hatte ich nicht Freunde genug? Wozu musste ich da noch einem Boxer begegnen, der keine Bücher las? Der die unglückliche Effi Briest nicht kannte und nicht den noch viel unglücklicheren Brahms. Über den niemals verzweifelte Rührung gekommen ist beim Anblick von Jawlenskys späten Postkartenbildern.

„Oder bist du je in einer Galerie gewesen oder in einem Konzert von Nigel Kennedy?"

Kein Höm und Öhh und Thh.

Mit jedem Schritt, den Michael in die harte Erde stampfte, wurde er mir fremder. Als wäre alle Vertrautheit nur ein dünner Firnis, der sich mit bloßen Fingern wieder abwischen ließ.

Das Gebrumm der Bienen wurde plötzlich lauter. Ich sah auf und erschrak. Über uns schwirrte ein Bataillon aus stämmigen Insektenleibern. Ich brüllte sofort, um sein Leben solle Michael laufen. Die Bienen standen im Solde Gottes. Nicht auf Nardevitz nahmen sie Anflug, sondern auf uns. Von Todesängsten getrieben, verfielen wir in einen hastigen Trab. Doch die Bienen waren schneller. Wir beschleunigten unser Tempo. Die Bienen taten dasselbe. Wir jagten unter den Eichen dahin. Die Bienen jagten mit uns. Wir hetzten. Die Bienen hetzten ebenfalls. Es gab kein Entrinnen vor ihnen und vor dem blauen Zorn des Himmels ebenso wenig.

KURZ VOR BOBBIN gab Michael sein Schweigen auf.

„Wir sind jetzt seit einer Woche unterwegs", sagte er mit einer Düsterkeit, als würde er mir sein Sterbedatum mitteilen. „Findest du es da nicht komisch, dass ich noch immer kein Verlangen nach meiner Frau habe?"

Wir fuhren gerade am Schloss Spyker vorbei, das rot und schwer in der Sonne stand.

„Du nimmst Sex zu wichtig", antwortete ich. „Alle Welt nimmt ihn zu wichtig. Sex ist heute, was vor hundert Jahren Sitte und Ordnung gewesen waren. Erste Pflicht und erstes Gebot des braven Bürgers."

Die Sätze stammten von Birgit. Am Morgen ihres Abfluges hatte sie sie mir ins Ohr geflüstert.

„Pflicht und Gebot des braven Bürgers", echote Michael ärgerlich. „Hach! Was ist da Pflicht, wenn bei uns manchmal Monate nichts läuft?!"

Er starrte auf seine geballten Fäuste und atmete schwer. Aus Furcht, er könnte in sein Schweigen zurückfallen und ich hätte neben der beißenden Hitze wieder die beißende Stille zu ertragen, sagte ich schnell: „Ich kannte mal eine Marita, die wollte auch nie."

Wenn die Wahrheit der Teig gewesen ist, aus dem diese Welt einst geknetet wurde, dann war die Lüge die Kuchenform dazu. Ich hatte nie eine Marita kennengelernt. Sie war ebenso erfunden wie die Geschichte ihrer sexuellen Enthaltsamkeit. Für Michael hatte ich mir alles ausgedacht. Er war ein doppelter Mensch, von dem nur der äußere stark und fest war. Der innere war ein ängstliches, verunsichertes Wesen.

„Sie ist auf die schrillsten Ausreden gekommen", log ich für diesen zweiten Michael weiter. „Einmal wollte sie mit mir erst wieder schlafen, wenn der Kapitalismus in der Welt abgeschafft worden sei."

IN GLOWE ließ ich Marita sagen: Die Schöpfung habe Adam und Eva nicht als Einheit geschaffen, sondern als Gegensatz. Du und ich, Plus und Minus, Kraft und Gegenkraft. Ich hatte sogar eine Stimme für Marita erfunden. Sie sprach eine dürre Neutrumsprache ohne Betonungen und ohne jeden Dialekt. Nur die Wörter „arg" und „hinterfragen" ließ ich sie oft und gern benutzen.

„Du kennst 'ne Menge komischer Weiber", meinte Michael, als wir den Volvo auf einem Parkplatz abstellten.

Erst hielt er den Kopf gesenkt, dann sah er über das Autodach hinweg, dann zwinkerte er mir zu.

„Ich kenne auch 'ne Menge komischer Kerle."

Auch ich senkte den Kopf, sah über das Autodach hinweg und zwinkerte ihm ebenfalls zu. Michaels Umarmung war wie ein Überfall. Ich erschrak regelrecht, als er plötzlich an meinem Hals hing.

„Du", jubelte er, „heute machen wir einen drauf!"

Das „Toskana" war eine Dutzendpizzeria mit Plastikblumen, weißen Gipswänden und künstlich gealterten Holzbalken. Ein schmalbrüstiger Kellner begrüßte uns. Er wies auf einen leeren Tisch, um uns dann, als hätte er in uns das schwule Liebespaar entdeckt, in eine Separee ähnliche Nische zu dirigieren. Michael und ich ließen es geschehen. Alle Fenster waren bemalt und versperrten die Sicht nach draußen. In der Nische zündete der Kellner eine Kerze an und reichte uns zwei Speisekarten.

„Wie still es hier ist", flüsterte Michael, nachdem er gegangen war.

„Soll ich Bescheid sagen, dass Musik gemacht wird?"

„Nein, nein", erwiderte er bewegt.

Michael legte den Kopf in den Nacken und sah schwärmerisch in die Luft.

„Hörst du es?" fragte er dann.

„Was soll ich hören?"

Sein plötzlicher Überschwang war mir unheimlich.

„Das Blut", antwortete er. „Es ist so still hier, dass man das Blut in den Ohren hören kann."

Er horchte mit einer Anstrengung in sich hinein, dass er zu schielen begann.

„Du", sagte ich rau.

Michael wurde mir immer unheimlicher. Vielleicht war er verrückt. Vielleicht litt er an einer Krankheit, die immer in Schüben über ihn kam, und vielleicht erlebte ich in Glowe zum ersten Mal so einen Schub.

„Ja, was ist denn?" schnarrte Michael.

Eine ärgerliche Kerbe grub sich in seine Nasenwurzel. Ich hatte ihn beim Zuhören gestört.

„Wir müssen was bestellen", stotterte ich.

Ich spürte die lauernden Blicke des Kellners im Rücken. Der Mann kam auch sofort herangeweht. Aber statt ihm die gewünschten Speisen und Getränke zu nennen, fragte Michael nach guten und preiswerten Quartieren im Ort.

Glowe hat vier Hotels, neun Pensionen, siebzehn Privatvermieter und ein Feriendorf.

Wir fuhren zuerst zu dem Feriendorf am Südrand der Schaabe, einer schmalen Landzunge zwischen Ostsee und Jasmunder Bodden. Die Bungalows standen versteckt unter alten Kiefern und ließen allerlei Idyll erwarten. Doch der ferne Schein trog. Zwischen langen, weißen Baracken zogen sich lange, weiße Betonstraßen dahin. Das Feriendorf war ein ehemaliges Ausbildungslager der

Gesellschaft für Sport und Technik (GST). Aus jenen paramilitärischen Tagen schien auch ein Großteil des Mobiliars zu stammen. Es war kantig und soldatisch karg, ganz gleich ob Tische, Schränke oder Betten. Doch daran rieben wir uns nicht. An den Preisen rieben wir uns schon mehr. Siebenundsiebzig Euro sollten wir für eine Nacht bezahlen.

Vor allen Dingen aber rieben wir uns an den fünf grauhaarigen Frauen und den drei grauhaarigen Männern. In ihre Tücher und Schals gewickelt saßen sie unter den Kiefern und ließen wieder ihre Imperativsätze in den taubenblauen Himmel hinaufsteigen. Nieder mit dem und dem und Nie wieder das und das.

Neu in ihrer Runde waren ein Mann und eine Frau mit einem kleinen Kind. Die beiden waren sich zum Verwechseln ähnlich. Sie hatten die gleichen Pullover und Sandalen an, sie gestikulierten gleich und längten und betonten beim Sprechen die gleichen Silben. Nieder mit dem und dem und Nie wieder das und das. Auch sie schickten einen Imperativsatz nach dem anderen zum Himmel hinauf.

Ich mochte sie nicht. Eine schmerzende Langeweile ging von ihnen aus. Sie waren nicht dies und nicht das, waren nicht Mann und nicht Frau, sie waren nur Irgendwas.

Ich mochte auch nicht die Welt, die sie für mich erstreiten wollten. So gnadenlos vernünftig war sie. Nie wieder würde ich irren dürfen, würde nie wieder Lust haben dürfen auf Bosheit und Niedertracht, auf Trunkenheit und Widersinn.

„Nein", sagte ich erst zu mir, dann zu Michael. „Hier will ich nicht bleiben."

Frau Zinnow war groß und eckig und so flach wie ein Bügelbrett. Sie vermietete die Veranda ihres Einfamilienhauses, die sie verwegen Studio nannte. Auch der Frau wollte ich schon: Nein, danke, sagen. Doch da zog mich Michael auf eine Wiese hinaus, die zum Haus gehörte.

„Heb` den Kopf!" befahl er, als er mich zur Wiesenmitte gezogen hatte.

Ich hob den Kopf, und plötzlich bekamen die warmen Abendwolken eine solche Macht und Größe, als wären sie das Universum selbst.

„Hier bleiben wir!" entschied Michael.

Er wollte einen Tisch auf die Wiese stellen und feiern. Uns, den Abend und das Leben überhaupt.

Doch es kam anders.

Katastrophen beginnen immer winzig. Erst ist es nur ein Riss, eine Verschiebung, eine klitzekleine Abweichung von der Normalen, und schon verwandelt sich das milde Plätschern der Tage in einen rabiaten Sturzbach.

Nachdem wir alles vorbereitet und einen Tisch auf die Wiese gestellt und ihn gedeckt hatten, klopfte es.

„Besuch für Sie", rief Frau Zinnow durch die Verandatür.

In der einen Hand hielt Anna die Kamera und in der anderen einen Strauß aus Gänseblümchen und wildem Klee. Hineingeworfen in einen Strudel aus Freude, Verwunderung und abgestandenem Ärger riefen wir so laut, dass ganz Rügen es hören konnte: „Woher weißt du, dass wir in Glowe sind?"

„S-i-e hat es mir gesagt", antwortete Anna. Sie griff in ihren Rucksack, zog Elizabeths Büchlein hervor und las lachend: „Glowe besteht aus einer Handvoll Häusern zwischen der Landstraße und der See. Wir hielten am ersten Gasthaus, das wir trafen."

Es gab keine Erlösung von Anna. Nicht heute und nicht morgen. Sie war unser Schicksal und unsere Versuchung. Wie sollten wir auch nicht toll werden an ihrer Jugend, wie nicht in Rausch geraten von den Gerüchen dieses würzigen Abends, und wie sollten wir die Kräfte auch bändigen, die uns der funkelnde Julihimmel bescherte.

Wir saßen schon einige Zeit beieinander, als Michael die Ameisen bemerkte. Die ersten waren bereits auf Teller und Untertassen gekrochen. Ihr folgten weitere, ein ganzes Heer war da im Anmarsch. Michael schnaubte angewidert, nahm eine Serviette und schlug nach den Tieren.

So begann es.

Sofort griffen auch Anna und ich nach Servietten und Löffeln. Das Knallen und Klopfen konnte uns nicht laut genug sein.

„Wisst ihr eigentlich, dass in Afrika Ameisen oder genauer Termiten geröstet und als Delikatesse gehandelt werden?" fragte Michael.

„Nein", rief Anna.

Und Michael rief: „Doch. Meine Frau hat es mir erzählt. Sie war im letzten Jahr mit einer Freundin dort. In Namibia."

Er hatte vier Ameisen mit einem Schlag erwischt.

„Aber das muss doch eklig schmecken."

Ich verdrehte die Augen.

„Nicht unser Geschmack bestimmt, was eklig ist und was nicht, sondern unser Wille."

Der Boxer schlug schnell und hart zu. Zack, zack, zack. Drei tote Ameisen klebten auf dem Tischtuch.

„Allein was wir wollen, ist wichtig."

Zwei Mal Zack. Eine Ameise konnte entkommen, Michael schmierte sie mit dem Daumennagel breit.

„Mit dem Rösten machen die das ungefähr so."

Er schüttete in einen Kaffeelöffel Zucker und tröpfelte Mineralwasser darüber. Nachdem sich der Zucker aufgelöst hatte, legte er ihn auf einen Teller, griff sich eine Gabel und schnippte ein halbes Dutzend Ameisen auf den Löffelrand. Anna und ich starrten mit einer Aufmerksamkeit auf die verschreckt herumflitzenden Tiere, als könne sie Michael in kleine Ungeheuer verwandeln. Michael wartete, bis die Ameisen ihre Panik überwunden hatten. Wollte eine fliehen, trieb er sie auf den Löffel zurück.

„Was hast du vor?" fragte Anna.

„Einen Spaß", erwiderte Michael. „Nichts weiter als einen Spaß."

Er streifte mich mit einem kurzen, herausfordernden Blick.

„Aufgepasst", flüsterte er dann.

Er hob den Löffel vorsichtig in die Höhe und schwenkte ihn über eine der Tischkerzen. Die Hitze blies die Zuckerlösung sofort zu einem gläsernen Schaum auf. Der Schaum brach zusammen und begrub die Ameisen unter sich, noch ehe sie davonlaufen konnten.

Nachdem sie zu braunen Klümpchen zusammengebrutzelt waren, warf Michael den Löffel auf einen Teller. Die Hitze hatte rote Abdrücke auf seinen Fingerkuppen hinterlassen. Er steckte sie sich in den Mund und hechelte: „Wer möchte probieren?"

Anna und ich fuhren erschreckt zurück. Über uns brach eine lautlose Finsternis herein, ohne dass wir es bemerkten.

Geschützt durch eine Serviette, griff Michael erneut nach dem Löffel und ließ ihn langsam kreisen. Spiralen eines brandigen Karamellgeruchs stiegen über dem Tisch auf.

„Wenn wir wollen", sagte Michael mit beschwörend abgesenkter Stimme, „dann essen wir. Wenn wir wollen, dann lieben wir. Und wenn wir wollen, dann hassen wir."

Er prüfte mit einem Finger die Wärme des Metalls, nahm sich ein Messer und wartete. Die Zeit rumpelte wie ein Fass über unsere Schultern hinweg. Als der Druck unerträglich wurde, zerschnitt er die zusammengebackenen Ameisen und schob sich eines der Klümpchen auf die Zunge. Wie ein Zauberer in einem Zirkus, der bei seiner letzten Nummer angekommen ist, wandte er seinen Kopf mit der herausgestreckten Zunge erst nach links und dann nach rechts. In seiner Betrunkenheit überschätzte er jedoch unsere Aufmerksamkeit. Als er endlich seine Zunge zurückschnellen ließ, war die Spannung bereits verflogen.

„Wohl bekommt's", lästerte ich und hob mein Glas.

Und Anna fragte ebenso lachend wie respektlos: „Wonach schmeckt denn dein Wille nun?"

Michael gab keine Antwort. Er schluckte das Klümpchen mit den Ameisen hinunter, füllte sich sein Glas mit Wein und leerte es zur Hälfte. Dann erhob er sich, und ich glaubte schon, dass Spiel wäre vorüber. Doch plötzlich griff er erneut nach dem Löffel und war mit einem Satz bei mir.

„Und nun du!" sagte er hart.

In dem fliehenden Licht der Kerzen bemerkte ich erst jetzt die Blässe in seinem Gesicht.

„Nein", erwiderte ich erschrocken und griff nach einem Brotmesser. Ich begann das Messer auf meinem Handrücken hin und her zu wetzen und sagte ein zweites Mal, jetzt schon bestimmter: „Nein!"

„Du musst nur wollen", bedrängte mich Michael.

„Lass den Quatsch!" fauchte ich. Mit einem Schlag war meine Betrunkenheit verflogen.

„Du musst nur wollen", wiederholte Michael. Auch er war jetzt nüchtern.

„Ja, du musst nur wollen."

Unerwartet erhielt er von Anna Unterstützung.

„Ich muss nicht!"

Die Haare auf meinem Handrücken waren schwarz und so dick und hart wie Bartstoppeln. Sie knirschten leise, wenn das Messer über sie hinwegfuhr.

Anna hatte als erste das Wort heraus.

„Spielverderber."

Dann Michael. Plötzlich riefen beide: „Spielverderber, Spielverderber, Spielverderber."

Michael griff nach meiner freien Hand und zog sie in die Höhe. Er tat es mit einer Bestimmtheit, die keinen Widerstand duldete.

„Hier", befahl er und hielt mir den Löffel vor den Mund.

Zwei braune Klümpchen rutschten noch auf dem silbrigen Grund des Löffels herum.

Mit den Lippen buchstabierte er mir das Wort Wollen. Sofort stimmte Anna mit ein.

„W-o-l-l-e-n."

„W-o-l-l-e-n."

„W-o-l-l-e-n. "

Nach jedem Wort füllte sich die Wiese mit einer schneidenden Stille.

„Nun will doch endlich!"

Michael fasste nach meinem Kinn. Ich sah ihn an, wütend, enttäuscht und fassungslos zugleich. Ich hatte für ihn gelogen, hatte mir für ihn Geschichten ausgedacht, sogar eine Frau hatte ich für ihn erfunden. Ich spürte ein Zittern in meinen Händen. Michael sollte endlich aufhören, sollte mir auf die Schultern klopfen und sagen: Haben wir doch einen tollen Spaß gehabt, nicht wahr? Aber Michael lachte nicht. Er klopfte mir auch nicht auf die Schultern. Er starrte mich mit seinen staubigen Augen nur an und rüttelte an meinem Kinn.

Mein Schlag war ungenau. Ich streifte nur Michaels Schulter. Michael federte zurück und rief: „Was hast du denn?"

Ich erhob mich langsam, gerade so, als wollte ich auf die Toilette gehen, und nahm den plötzlich verdutzt und unsicher dreinschauenden Michael den Löffel aus der Hand, blies die toten Ameisen von dessen Grund und legte ihn auf den Tisch zurück.

Es gibt keinen Zaun und keine Mauer, die die Zuneigung vom Hass trennt und die Liebe von der Verachtung. Die Grenzen sind offen, vierundzwanzig Stunden am Tag geht es hinüber und herüber.

Ebenso langsam wie ich Michael den Löffel aus der Hand genommen hatte, ebenso langsam leerte ich auch mein Weinglas, machte einen Diener, wünschte dem frisch geschmiedeten Paar einen schönen Abend und verabschiedete mich. Ich brauchte keine Lampe und kein Straßenlicht, um den Weg zum Meer zu finden. Die Flammen meiner Enttäuschung und meiner Eifersucht loderten so hell, dass sie noch vor Mitternacht den neuen Tag über Glowe hereinbrechen ließen.

Der neunte Tag

IN JULIUSRUH war das Feuer heruntergebrannt. Missmutig hockte ich mit Michael auf einer Sanddüne und stocherte in meiner lauen Glut. Uns zu Füßen lag das feiste, unbewegliche Meer. Nicht eine Spur war von dem gestrigen Aufruhr geblieben. Ich war die ganze Nacht lang am Strand herumgelaufen, hatte geflucht und gezetert und die albernsten Verwünschungen ausgestoßen. Niemals wollte ich Michael wiedersehen, abfahren wollte ich und ihn mit Anna und dem halbfertigen Film allein lassen. Doch als mich mit dem ersten Dämmer nicht nur Müdigkeit und Kälte, sondern auch Katzenjammer beschlich, war ich in die Veranda von Frau Zinnow zurückgekehrt. Zu meiner Überraschung lag Michael allein im Bett. Er hatte sich die Decke bis ans Kinn gezogen und schlief fest. Von Anna fehlte jede Spur. Sie hatte sich in Luft aufgelöst oder war davongeflogen, nicht einmal einen handgeschriebenen Zettel hatte sie hinterlassen.

Mit der Ausrede, noch immer müde zu sein, legte sich Michael auch jetzt in den noch kühlen Dünensand, verschränkte die Arme unter dem Kopf, atmete laut und tief und tat, als wäre er auf der Stelle eingeschlafen. Doch als ich mich nach ihm umwandte, standen seine Augen offen. Er hatte die toten, irrlichternden Augen eines Blinden. Um die Trockenheit in meinem Mund zu vertreiben, kramte ich eine Packung Pfefferminzdrops hervor.

„Möchtest du einen?" fragte ich.

Michael gab keine Antwort. Zeit verging. Über dem Meer hob sich das Jubeln des neuen Tages. Ahnend, dass nicht einfach plumpe Rivalität Michael zu seinem Spiel mit den Ameisen getrieben hatte, sondern dass sich dahinter ein Geheimnis verbarg oder vielleicht nicht einmal das und alles nichts anderes gewesen war als Furcht und Ekel vor dem Leben, wie auch ich manchmal Furcht und Ekel empfand, fragte ich: „Was war denn gestern?"

Als ich es nicht mehr erwartete, antwortete Michael: „Ach, war nichts."

Ich drehte mich von ihm weg. Ich konnte nicht sprechen, wenn ich ihn ansah.

„Hast du doch gar nicht nötig so was", sagte ich zu einem Ginsterbusch.

Wieder verging Zeit.

„Kam ebenso", antwortete Michael. Auch er hatte sich von mir weggedreht.

Eine warme, weiße Sonne schien. Sie schien ganz umsonst. Die Große Schaabe lag verlassen. Kein Mensch kam, kein Tier. Juliusruh war unbewohnt.

Michael brauchte einen halben Tag, ehe er die Kraft fand, sich zu entschuldigen. Auf der Straße zwischen Altenkirchen und Putgarten war es. Wir überholten gerade ein Moped. Auf dem Moped saß eine Frau mit einem Kleinkind auf dem Arm. Michael schimpfte und rabatzte deswegen. Doch mit einem Mal veränderte sich seine Stimme, sie wurde holprig und stockend, und er sagte: „Tut mir leid."

Ich wusste sofort, wovon er sprach, dennoch fragte ich: „Was tut dir leid?"

Michael machte eine Armbewegung, als wollte er zu einer Erklärung ansetzen, sagte dann aber nur: „Ach, du weißt schon."

Ich nickte. Manchmal verstand ich den Boxer. Manchmal verstand ich ihn so sehr, als wäre er ein Teil von mir.

„Halte da vorn", erwiderte ich.

Michael ließ den Wagen ausrollen und zog die Handbremse an. Dann saßen wir nur da, sahen in die Luft, in das Blühen der Felder. Rot waren sie vom Mohn, gelb von den Lupinen, weiß von der Kamille und blau von den Kornblumen. Ich spürte, dass Michael reden wollte, aber nicht wusste wie er es anstellen sollte, aus Hemmung oder aus Ungeübtheit. Er kam mir wie ein Krüppel vor, der an einer Mauer entlanghumpelt und der kurz vor dem Tor umkehrt, um es in der entgegengesetzten Richtung zu suchen.

VITT hat fünfzig Einwohner aber täglich fünfhundert Besucher. Da über diese fünfhundert ebenso täglich Hunger und Durst kommen, ist jeder Vitter ein Gastwirt geworden. Heute besteht das in einer Schlucht versunkene Dörfchen einzig aus Cafés und Restaurants. Im „Café am Meer", in dem bei gutem Wetter eine echte Malerin auf der Holzterrasse steht, die auch echt und wirklich malt, erwähnte Michael zum ersten Mal Anna. Sie sei nach Schaprode gefahren, meinte er, und plopp lag das ungefüge Wort auf dem Tisch. Verdorben war der Sanddornkuchen und verdorben war auch der stockgesunde Sanddornsaft.

„Hast du sie gebracht?" fragte ich säuerlich.

Michael zerbröselte erst ein paar Kuchenkrümel, bevor er antwortete.

„Nein, habe ich nicht", sagte er übertrieben langsam. „Sie ist mit dem Bus gefahren. Gleich früh."

Wer nach Schaprode fährt, will nach Hiddensee hinüber. Wir wollten ebenfalls nach Hiddensee hinüber. Es war also möglich, dass jener feuerrote Abend in Kloster oder Neuendorf seine Fortsetzung finden würde.

„Wo war sie überhaupt in der Nacht?" fragte ich weiter.

Michaels Grinsen war ebenso breit wie spöttisch. Ihm gefiel meine Unwissenheit. Ihm gefiel auch mein Rätselraten, ob er mit dem Mädchen geschlafen hatte oder nicht.

„Du nimmst Sex zu wichtig", antwortete er sehr überlegen und sehr laut. Ohne mich anzusehen fügte er nach einer kurzen Pause hinzu: „Sie hat im Auto geschlafen."

Draußen vor den Fenstern verbreitete der Tag eine helle, lichte Stimmung. Die Häuser, die Bäume, die Hunde und Katzen, ja selbst die Menschen hatten ihre Schwere abgeworfen und schwebten durch die tanzende Sommerluft. Nur Michael und ich störten diese Leichtigkeit. Beladen mit Stativ, Mikrofonset und Kamera, beladen aber auch mit Misstrauen und Feindseligkeit schleppten wir uns durch das ehemalige Fischerdorf. Wir filmten das „Café am Meer" und die Malerin und die achteckige Kapelle, für die sich der Prediger Kosegarten vor über zweihundert Jahren an Königs- und Fürstenhöfe um Spenden krummgebettelt hatte. Doch alles was wir taten, taten wir mechanisch. Böse Hexen hatten uns in Roboter verwandelt. Nun warteten wir, dass ein Wunder daherkam, das uns das laute, brausende Leben zurückgab.

KAP ARKONA habe den nördlichsten Biergarten Deutschlands, behauptet eine große Werbetafel in Putgarten. Den luftigsten hat Kap Arkona ganz sicher. Direkt unter dem Leuchtturm liegt er, nur einen Steinwurf von den baumlosen Klippen entfernt. Selbst bei großer Hitze huschen über das halbe Dutzend Tische und Stühle immer wieder erfrischende Winde hinweg.

Ich hatte noch nicht den Motor abgestellt, da sprang Michael auch schon aus dem Auto.

„Ich hab` einen Durst!" stöhnte er.

Auf seinem Hemd markierten sich tellergroße Schweißflecken. Die luftigen Tische und Stühle lockten ihn, er trieb mich zur Eile an. Was mit mir sei? rief er übertrieben forsch. Er zog die Fahrertür auf, stutzte jedoch und wiederholte seine Frage, tat es jetzt aber mit leiser, besorgter Stimme: „Hast du wieder Kopfschmerzen?"

Das war das Wunder.

Als Michael nach meinem linken Arm fasste, um meinen Puls zu messen, hob sich das erste Gewicht. Und das zweite, als er sagte: „Deine Augenlider sind auch wieder entzündet."

„Und du isst zu fett", erwiderte ich und drückte meine freie Hand gegen seinen Bauch. „Und das viele Bier bekommt dir ebenso wenig."

Sätze flogen hin, Sätze flogen her, ihr Inhalt war nicht wichtig. Wir hätten einander auch das Telefonbuch vorlesen können und sagte doch immer nur: Tschuldigung, Tschuldigung, Tschuldigung`.

Es war späte Mittagszeit. Über uns begann der Tag erneut zu tanzen. Dieses Mal tanzten wir mit. Das Leben war wieder ein heiterer Fluss geworden, von ganz allein bahnte es sich seinen Weg.

NACH LANKEN wollten wir gar nicht. Lanken war ein Irrtum. Kurz hinter Putgarten war Michael von der Hauptstraße abgebogen, weil er meinte, eine Abkürzung nach Wiek zu wissen. Er wusste sie nicht. Nach zwei Kilometern machte die mit Feldsteinen gepflasterte Straße einen scharfen Knick und führte geradewegs in ein Maisfeld hinein. Hinter dem Maisfeld lag Mattschow und hinter Mattchow lag wieder ein Maisfeld. So ging es eine Weile.

Maisfeld, Nonnevitz, Kornfeld, Gramtitz, dann kam ein Kartoffel-acker und endlich Lanken.

Das verwunschene Dorf besteht nur aus Hecken und Büschen. Erst auf den dritten und vierten Blick entdeckten wir in dem Dickicht ein paar struppige Häuser.

„Ein guter Platz zum Schlafen", meinte Michael.

Es war inzwischen Abend geworden. Im Westen zündelte die Sonne bereits an einer Handvoll Schäfchenwolken herum.

„Hier?" rief ich entsetzt.

Über einer der Hecken waren zwei zottlige Köpfe aufgetaucht. Ihr Grinsen verhieß nichts Gutes. Wusste Michael nicht, dass wir in einem Zeitalter der Wiedergeburt lebten? In Brandenburg und Niedersachsen waren bereits Wölfe gesichtet worden und in England gab es die ersten Fälle von Pest und in Spanien von Schwarzen Pocken. Warum sollte es da auf Rügen nicht wieder Piraten und Wegelagerer geben? Und warum sollten wir da nicht deren erstes Opfer sein?

„Wir fahren weiter!"

Mit der linken Hand griff ich Michael ins Lenkrad und mit der rechten versetzte ich ihm einen kräftigen Schlag auf den Rücken. Vor Schreck stieß Michael einen Schrei aus, damit hatte ich gerechnet. Vor Schreck drückte er aber auch das Gaspedal nieder, womit ich ebenfalls gerechnet hatte. Der Volvo machte einen Satz nach vorn, und heraus waren wir aus der krautigen Höhle. Ich behielt meine Hand am Lenkrad, bis vor uns die Steilküste auftauchte.

„Genau hier", belehrte ich Michael, „genau hier ist ein guter Platz zum Schlafen."

Die Halbinsel Wittow ist nicht der pompöse Jasmund. Auf Wittow fällt alles bescheidener aus, auch die Steilküste. Nur ein paar

Meter hoch ist sie, und anstatt fetter Märchenwälder gibt es dort nur dürre Büsche und Hecken. Dafür gibt es aber auch weniger Touristen (und Wächter), ungestört konnten wir unser Lager hinter einem Schneebeerenstrauch aufschlagen. Nachdem wir gegessen hatten, kletterten wir die Klippen hinab und setzten uns ans Meer. Michael hatte eine Büchse Bier dabei, ich meine Zigarillos.

„Was Anna jetzt wohl macht?" fragte er, nachdem wir uns an der Weite satt gesehen hatten.

Kein Plopp, nichts. Die Erinnerung ist eine stumme, taube Vettel. Waren wir gestern in Glowe gewesen oder vor einem Jahr? Hatten wir in einem senfgelben Bungalow gehaust oder in einem grasgrünen Hühnerhäuschen?

„Sie wird sich ganz sicher wieder zwei dämlich Kerle suchen", antwortete ich.

Ich wollte Michael nur einen leichten Klaps auf die Schulter geben. Doch Michael fuhr plötzlich herum, fing meinen Schlag mit einer geschickten Bewegung ab und warf mich auf den Rücken. Kurz darauf kobolzten wir durch den aufstiebenden Sand. Der Himmel hatte seine Freude an unserer Ausgelassenheit und zündete uns im Osten sofort ein paar Sterne an.

Der zehnte Tag

ALTENKIRCHEN begrüßte uns mit einem hellen, blank geputzten Morgen. Es gab keinen Staub mehr und keinen Schmutz. Die Luft war rein und klar, noch auf zehn Kilometer konnten wir die Schindeln am Kirchturm zählen.

Auf einer Bank neben der Friedhofsmauer improvisierten wir ein Frühstück. Ich kochte mit dem Reisetauchsieder Eier und Kaffee, während sich Michael rasierte. Wir hatten unsere Sesshaftigkeit aufgegeben und waren wieder zu Nomaden geworden. Heimat, Haus und Familie bedeuteten uns nichts mehr. Wir waren der Vorgriff auf eine kommende Zeit. Wir hatten alle Netze eingezogen und pilgerten nun ohne doppelten Boden durch die Welt.

„Würden wir hier denn sitzen, wenn wir glücklich wären?" rief Michael mit plötzlicher Leidenschaft. Er war sogar aufgesprungen. „Wenn wir Frau und Kinder hätten?"

Die Arme zum blauen Himmel erhoben, stand er wie ein Mahnmal da. Ich sah ihn verdutzt an und erwiderte: „Aber du bist doch verheiratet und drei Kinder hast du auch."

„Habe ich nicht", ächzte Michael.

Er ließ sich auf die Bank zurückfallen. Wie ein weinerlicher Krieger saß er jetzt. Mich bestürmten sofort heftige Ahnungen. Seine Inbrunst roch nach Reinigung und Offenbarung. Sicherlich würde er mir gleich erzählen, dass seine Frau einen Geliebten hätte. Einen dynamischen Schilehrertyp vermutlich, mit dem sie im Winter in die Alpen und im Sommer nach Namibia fuhr, um dort geröstete Termiten als Delikatesse zu verspeisen.

Michael öffnete auch schon den Mund, räusperte sich aber nur.

Nach einiger Zeit meinte er: „Meine Kinder sehe ich nur, wenn sie Geld brauchen."

Und dann kam es.

Mit stockender Klagestimme eröffnete er mir: „Meine Frau hat einen anderen. Angeblich nur ein guter Kunde von ihr. Sagt sie. Ich glaube ihr aber nicht. Die beiden haben was miteinander. Schon seit ein paar Wochen."

Solche Sätze verlangen nach Zuspruch und Trost. Ich aber wusste nichts zu erwidern. Mir fehlte Julia mit ihren vielen klugen Sätzen. Doch Julia saß in Frankfurt und hörte mich nicht. Dabei wurde Michael Verzweiflung immer größer, selbst die Augen wurden ihm schon feucht. Er war kein Fünfzigjähriger mehr, der zum dritten Mal verheiratet war und der in vielen Ländern geboxt hatte. Ein trauriger, einsamer Junge war er jetzt, der in die Arme genommen und gestreichelt werden wollte. Und da redete Julia endlich.

Die Seele altert nicht, sagte sie. Die Seele bleibt immer Kind.

Ich nickte folgsam und wartete auf den nächsten Satz.

Umarme ihn, forderte mich Julia auf.

Ich rutschte ein Stück an Michael heran.

Noch weiter! zischte Julia.

Ich rückte einen Zentimeter nach.

Lege deine Stirn an seine Stirn, verlangte Julia von mir.

Unter Männern, die sich grad erst ein paar Tage kennen, ist das aber eine problematische Geste, gab ich zu bedenken. Michael könnte mich für schwul halten und sie missverstehen.

Michael wird nur deine Wärme verstehen, belehrte sie mich.

Obwohl ich den Boxer nur am Ellenbogen berührte, zuckte er zusammen, als hätte ich ihn geohrfeigt.

Siehst du! fuhr ich Julia an. Das hast du nun davon.

Über meine Widerspenstigkeit erbost, warf sie den Kopf in den Nacken, fauchte ein Schimpfwort und trabte davon.

Ich saß mit Michael wieder allein. Die Bäume ringsum bogen sich vor Wohlsein, nur uns war unbehaglich. Es war Sonntagmorgen, der Himmel war hoch und blau, eine wunderbare Zeit, um mit einer Frau im Bett zu erwachen. In Michaels Bett aber lag der Schilehrer. Wahrscheinlich just zu dieser Stunde. Das dachte ich, das dachte Michael. Ich zupfte ihn erneut am Ellenbogen. Michael Erschrecken war jetzt weniger groß, dennoch fiel mir noch immer kein tröstendes Wort ein. Ich saß nur und saß, starrte in die blaue Sommerluft und sehnte schon wieder ein Wunder herbei. Das aber kam nicht um die Ecke gebogen. Stattdessen schaukelte ein Reisebus heran und ich konnte immerhin sagen: „Die ersten Touristen kommen."

Ich hatte mich geirrt. Die zwölf hanseatisch gekleideten Damen und Herren trugen dicke Kulturführer unter den Armen, nickten viel und wichtig mit den Köpfen und waren ganz entschieden keine Touristen. Ein Trupp von Kunstliebhabern war da unterwegs. Volkshochschule Hamburg-Blankenese, Kurs römisch sechs, Schrägstrich vier: Die Baudenkmäler Rügens. Ein Weißhaariger trug sein Buch aufgeschlagen und las mit weicher, schmeichelnder Stimme: „Das Äußere von Chor und Apsis ist von ungewöhnlicher Schönheit, meine verehrten Damen und Herren. Beachten Sie bitte im Sockel die glasierten Steine mit dem Palmettenmuster. Sie sind original vierzehntes Jahrhundert!"

Über die Grabsteine, die ohne Einfriedung schmal und hoch aus dem Gras aufschießen, wusste der Weißhaarige leider nichts zu sagen. Dabei gefielen sie mir am besten. Ein wenig schief und ein wenig sonderbar stehen sie auf dem Friedhof als wären sie einem schusslichen Gott aus der Tasche gefallen.

„Gehst du manchmal in die Kirche?" fragte ich, nachdem wir eine Weile geschwiegen hatten.

„Früher ging ich schon", antwortete Michael stockend. „Mit meiner Mutter."

„Sie hat in so einem Friedenskreis mitgemacht", fuhr er ebenso stockend fort. „In Pankow."

Belebt von den Erinnerungen, sprach er dann immer schneller. „Das war `ne tolle Zeit damals. Obwohl Friedenskreis nicht ganz richtig ist (er lächelte versonnen), das war mehr so `n Diskutierclub. Ich hab` mich dort zum ersten Mal in meinem Leben wirklich frei gefühlt. Ich konnte alles sagen, ohne gleich niedergeschrien zu werden. Selbst wenn ich daneben lag oder Stuss redete."

Nach einem Seufzer fügte er hinzu: „Das war damals auch eine ganz andere Kirche. In Pankow hatte sie eine Botschaft und eine Mission. Sie war für die Leute wichtig."

Und nach einem zweiten Seufzer: „Mit der Öko-Müsli-Kirche von heute kann ich nichts anfangen. Die ist nur noch für sich selber da."

IN WIEK trafen wir um zehn Uhr fünfzehn ein. Das war exakt eine Stunde zu spät. Von dem Dampfer, der uns nach Hiddensee übersetzen sollte, war nirgendwo mehr eine Spur. Das nächste Schiff ging in dreiundzwanzig Stunden. Unsere Gesichter wurden lang. Was sollten wir mit dem heißen, nichtstuerischen Blau beginnen, das der Sonntag über uns ausschüttete?

„Schwimmen gehen", schlug ich vor.

Das taten wir auch. Wir nahmen unsere Badehosen und liefen, voll mit Sehnsüchten nach brausenden Wellen, zum Meer.

Doch der Wieker Bodden ist eine Enttäuschung. Er ist seicht und ohne Leben und anstatt eines Strandes gibt es nur Schlick und

Steine. Dafür aber bietet die Stadtseite des Boddens eine passable Aussicht auf den Bug, einer schmalen Halbinsel, die nur von Füchsen und Hasen bewohnt wird.

Nicht dieser Blick mochte die Regierenden der Provinz Sachsen 1920 dazu bewogen haben, ein Stück Wieker Uferland zu kaufen, um dort ein landeseigenes Kinderheim zu errichten, sondern jener seichte, leblose Strand (und die Baupreise womöglich dazu). Vor dem Uhrenturm des Heimes, der heute noch genau so streng und hölzern aussieht wie vor hundert Jahren, bauten wir zuerst die Kamera auf. Das Kinderheim stand nicht im Drehplan. Zu Elizabeths Zeiten gab es an dieser Stelle nur Wiesen, auf denen Männer mit knatternden Kisten in der Luft herumsprangen und die tollkühn genug waren, ihren Übermut auch noch Flugschule zu nennen.

Pure Langeweile hatte uns zu dem Ort getrieben und ein paar löchrige Erinnerungen. Im Herbst 1972, als es keine Provinz Sachsen mehr gab, hatten mich meine Eltern zu einer Kur in das Heim gesteckt, weil sie meinten, ich wäre zu schwächlich und zu dünn.

„Warst du eigentlich glücklich?" fragte Michael wie nebenher. Er nummerierte gerade ein paar Festplatten. Wichtige Fragen stellte Michael immer wie nebenher. Er sah mich auch niemals an dabei.

„Wo?" wollte ich wissen. „Hier in Wiek?"

„Nein, überhaupt, meine ich. Als Kind."

„Ich weiß nicht", antwortete ich.

Die Erinnerung ist nicht nur stumm und taub wie eine Vettel, sie ist auch völlig gefühllos. Sie registriert nur, genau wie eine Buchhalterin, die Inventurlisten schreibt.

„Ich weiß nicht", wiederholte ich. „Ich war weder glücklich noch unglücklich."

Michael atmete laut ein und aus. Er war mit meiner Antwort nicht zufrieden.

„Ich kann mich nicht genau erinnern", stammelte ich. „Es war mehr, mehr ein Warten. Auf die Zukunft."

Kindheit ist immer Warten. Ein großes, ungeduldiges Warten auf die Verheißungen der kommenden Zeit. Der Fünfjährige sehnt sich nach seinem ersten Schulranzen, der zehnjährige nach seinem ersten Smartphone und der Fünfzehnjährige nach seiner Volljährigkeit.

„Das verstehe ich", murmelte Michael.

Er legte den Filzstift zur Seite, und zwischen Festplattenzusammenschieben und Kofferaufklappen fand er die Zeit, mir blitzschnell die Hand zu streicheln. Den ganzen Vormittag über war er dann mit zärtlicher Sorge um mich bemüht.

Verzog ich die Stirn, fragte er sofort, ob ich wieder Kopfschmerzen hätte, war mir die Sonne zu heiß, fächelte er mir Luft zu, mäkelte ich am Essen herum, diskutierte er auf der Stelle mit den Kellnern. Auf meine Frage, was er denn habe, antwortete er: „Nichts. Ich gewöhne mich gerade an dich. Das ist alles."

In seinen Augen blitzte erneut ein Übermut, als wollte er mit mir durch den Biergarten tanzen, in dem wir zu Mittag saßen. Wegen der Hitze hatten wir nur Salat bestellt. Michael ließ sich noch einen Eisbecher bringen. Während er aß, nippte ich an einem Kaffee und beobachtete ein paar Sperlinge. Das staubige Rudel war beim Nester bauen oder Nester reparieren und konnte sich keine Mittagspause leisten. Aus Ärger darüber beschimpften sie alles, was faul herumsaß. Die Sperlinge beschimpften auch uns. Ich schimpfte zurück. Wir würden ja gleich aufstehen, rief ich zu ihnen hinauf, um uns auf die Suche nach einem Quartier machen.

Wir brauchten dringend ein Zimmer. In der Kirche hatten wir wegen entladener Akkus die Dreharbeiten abbrechen müssen. Ein geringes Malheur nur, wurde das Wieker Gotteshaus doch gerade renoviert, und der ansehenswerte Ritter Georg, eine 1,70 m hohe Eichenholzfigur, stand in Folie verpackt in einer Ecke.

Wie der leblose Bodden einst Liebhaber in Sachsen gefunden hatte, so findet das leblose Städtchen heute Liebhaber in aller Welt. Wieks Hotels und Pensionen waren ausgebucht. Ein ebenso geringes Malheur. Wir hätten die teuren Herbergen ohnehin nicht bezahlen können. Seit Binz lebten wir von Michaels Geld, war mir bislang doch weder die Hälfte, noch ein Viertel noch sonst eine Summe meiner ausstehenden Gehälter überwiesen worden.

„Ruf an", bedrängt mich Michael immer wieder.

Ich aber hatte Angst vor dem Telefonieren und sträubte mich. Von Süden, von Berlin, da kam etwas geschlichen, etwas Dunkles, Schmieriges. Das konnte unmöglich Gutes sein. Gutes schleicht niemals und Gutes ist auch niemals schmierig. Morgen würde ich anrufen, hatte ich Michael stets geantwortet.

„Ganz bestimmt morgen", sagte ich auch in Wiek.

Das Schild „Zimmer frei" war von einem Fliederbusch verdeckt. Nur durch Zufall entdeckte es Michael, als er sich bückte, um seine Turnschuhe neu zu verschnüren. Er klingelte sofort. Als sich niemand auf dem Treppenabsatz des von Wein und Efeu überwucherten Flachbaus zeigte, öffnete er das Gartentor und klopfte an die Haustür. Ein, zwei Minuten vergingen, dann näherten sich im Hausinnern Schritte.

„Wer ist denn da?" fragte eine kräftige Frauenstimme.

„Zwei Männer", erwiderte Michael so harmlos er konnte.

Er trat einen Schritt zurück, drehte sein Gesicht in Richtung des Türspions und lächelte.

„Und was wollen die Männer?"

In der Cent großen Scheibe erschien ein Auge.

Michael deutete einen Diener an und sagte zu dem Auge: „Sie wollen zu Frau Koopmann."

Er nannte den Namen, der auf dem Türschild stand. Die Tür flog auf. Frau Koopmann war groß und stämmig und füllte die ganze Breite des Türrahmens.

„Sind Sie etwa Kriminale?"

Sofort aufmerksam geworden, fragte ich: „Nein, sind wir nicht. Sollten wir denn?"

„Natürlich sollten Sie!" schimpfte die Frau. „Mir ist alles geklaut worden. Von den Urlaubern! Seitdem vermiete ich auch nicht mehr. An niemand!"

Michael warf wieder denkmalmäßig die Arme in die Luft.

„Alles geklaut?" rief er entrüstet. „Nein, was ist das heute für eine Welt auch?!"

Was ihm sein Vater und seine erste Ehefrau vor zwanzig oder dreißig Jahren verwehrt hatten, gestattete ihm Frau Koopmann aus Wiek auf Rügen. Für eine halbe Stunde durfte er wieder Schauspieler sein. Er rang die Hände, lachte und redete („Wir sind noch aus der guten, ehrlichen Zeit"), schickte hundert Schwüre zum heißen Himmel hinauf und öffnete nicht nur Frau Koopmanns Efeu berankte Haustür, sondern auch ihr großes, stämmiges Herz.

Seit drei Jahren sei sie schon Witwe, klagte sie, und das mit gerade einmal fünfzig, in der Blüte ihres Lebens sozusagen. Sie umkreise Michael Brust mit prüfenden Blicken, als wäre sie sich über die Mächtigkeit seines Herzens noch nicht im Klaren. Nach vielen glühenden Seufzern führte sie uns endlich in ein Zimmer, das nicht nur sparsam möbliert, sondern auch sehr dunkel war. Das Fenster zeige nach Norden, erklärte sie. Obendrein stünde ein Nussbaum davor. Aber sie liebe den Baum, girrte sie plötzlich. Wie sie überhaupt die Natur und alles Schöne, Echte und Wahre liebe. Deshalb ging auch ihr Schlafzimmer nach Norden hinaus.

Hoffnung ist ein wundersamer Brennstoff. Er entzündet selbst in Frauen, die ganze Türrahmen füllen, fiebrige Feuer und lässt sie wie Schulmädchen herumhüpfen.

„Wir schlafen sozusagen Wand an Wand", flötete sie Michael zu.

Dass sie auch mit mir Wand an Wand schlief, entging ihr. Mir war es recht. Große, breitschultrige Frauen machen mir Angst. Feste Gitter wünschte ich über sie gestülpt, um sie mit leisem Erschaudern zu betrachten. Frau Koopmanns Wünsche mussten ganz ähnlicher Art sein. Statt Gitter dachte sie vielleicht an eine Besenkammer, in die sie mich stecken konnte oder an ein lichtloses Verließ. Ich störte sie ganz offensichtlich.

So dunkel und grünstichig die Nordseite ihres Hauses war, so licht war die Südseite. Und in dieser Helle standen alsbald Tassen und Teller und Pfirsichtorte und Schlagsahne.

„Sie können sich ja dazusetzen", bot mir Frau Koopmann mit kalten Augen an. „Natürlich nur, wenn Sie wollen."

Ich wollte nicht. Ich gab Michael Bescheid, dass ich noch einmal zum Kinderheim fahren würde und holte mir die Autoschlüssel. Aber statt nach Süden, fuhr ich nach Norden in Richtung Altenkirchen. Der Nachmittag lag schwer und brütend über der Insel. Zum Meer zog es mich, nach Juliusruh oder Glowe. In Lüttkevitz aber schlug ich das Lenkrad nach links und fuhr nach Dranske weiter.

DRANSKE, das klingt hart und militärisch, das klingt nach Kaserne, nach Waffen und Soldaten. Über hundert Jahre haben auch Soldaten in Dranske gelebt. Erst waren es kaiserliche Marineflieger gewesen, dann Matrosen der Reichswehr, dann Kadetten der Wehrmacht und schließlich U-Bootjäger der Nationalen Volksarmee (NVA). 1991, nach einem kurzen Gastspiel der Bundeswehr, wurde die Marinebasis geschlossen und Selbstverständnis und Identität waren für den Ort dahin.

Einhundert Jahre sind nicht im Sauseschritt zu ersetzen. Zwar ist Dranske kein Geisterdorf mehr wie kurz nach der Wende, im ehemaligen Kasernenviertel der NVA watet man aber noch immer knietief in Leere und Einsamkeit. Trotz erster Töpferläden, Filz-Werkstätten und Maler-Ateliers.

Ich traf am späten Nachmittag in Dranske ein. Die Hitze war in eine faulige Schwüle umgeschlagen. Es ging kein Wind, zwischen den Häusern roch es nach Siechtum und Verfall. Ich hätte nackt in den Straßen herumlaufen können oder blau angemalt oder bunt gefiedert, niemand hätte sich daran gestoßen. Die wenigen Touristen waren vor der quälenden Stille nach Stralsund oder an die Ostküste geflohen, irgendwohin wo es Bewegung und Leben gab.

Ich merkte es bald, Dranske an einem schwülen Sonntagnachmittag war nicht der richtige Ort, um sich allein die Zeit zu vertreiben. Schwermut überkam mich. Wir waren am Ende unserer Reise angelangt. Übermorgen schon würde ich wieder in Berlin sein. Ich musste nicht anrufen, nicht Ria und nicht Richard, ich wusste es auch so. Die blinden Fenster in den ehemaligen Kasernen der NVA sagten es mir und das Gras in den Ritzen der Bürgersteige. Die Firma war pleite und meine Kündigung war längst geschrieben. Arbeitslosigkeit erwarteten mich in Berlin und stille, mürrische Tage.

Birgit erwartete mich ebenfalls in Berlin. Nach langer Zeit dachte ich zum ersten Mal wieder an sie. Sie war von Kreta zurück.

Ich konnte sie anrufen. Hallo, konnte ich sagen, ich freue mich auf ein Wiedersehen. Aber ich freute mich nicht. Ich lief in Dranske herum, schwitzte außerordentlich und fühlte mich außerordentlich klein und jämmerlich.

WIEDER IN WIEK zeigten sich die Vorboten eines Unwetters. Die Luft wurde schlierig, im Westen zogen grimmige Wolken auf und ein Vogel nach dem anderen verstummte. Wiek hielt den Atem an und schauderte der Katastrophe entgegen. Ich konnte sie im Auto vorüberziehen lassen oder in Frau Koopmanns düsterem Zimmer oder in einer Kneipe.

Ich entschied mich für Kneipe und setzte mich ins „Hafen-Café". Alle Wände waren dort mit Seekarten behängt. Tromper Wiek stand auf einer und Fehmarnsund auf einer anderen und Kieler Förde auf der nächsten. Ich erkannte meine Freundin nicht wieder. Sie war kein Wunderland mehr, über das Heilige und lachende Dampfer spaziert kamen. Die Karten mit ihren Zahlen und Linien machten sie banal und gewöhnlich. Nichts weiter als eine technische Zeichnung war sie. Technische Zeichnungen aber langweilen mich. Ich bestellte ein großes Glas Bier, sah aus dem Fenster und fühlte mich immer jämmerlicher.

Draußen hatte ein schwefelgelbes Licht alles Leben zum Erlöschen gebracht. Ein paar große Tropfen fielen, die wie Geschosse auf dem Pflaster explodierten. Mit dem ersten Donnerschlag flog die Tür auf und ein Trupp Touristen stürmten ins Café. Sie hatten noch nicht Platz genommen, da wälzte eine Bö heran. Sie war so heftig, dass das ganze Haus erzitterte. Es regnete aber noch immer nicht. Stattdessen folgte Donnerschlag auf Donnerschlag, als probte der Himmel sein Gewaltstück erst. Der Regen kurz darauf bestand nicht aus Milliarden einzelner Tropfen, die schräg von links oder schräg von rechts über die Dächer fegten, der Regen kurz darauf war ein Klotz aus schwarzem Wasser. Unter lautem Getöse sauste er auf Wiek herab. Wer sich ungeschützt im Freien aufhielt, konnte unmöglich das Inferno überleben. Doch dann flog die Tür erneut auf, und Michael schwappte ins Lokal. Ohne mich entdeckt zu haben, setzte er sich an einen leeren Tisch. Er musste bis auf die Unterhose durchnässt sein.

„He, Boxer", rief ich, überschwemmt von Mitleid und Wiedersehensfreude.

Wir begrüßten uns, als wären wir Jahre voneinander getrennt gewesen.

„Warum bist du weggerannt?" fragte Michael vorwurfsvoll.

„Ich bin nicht weggerannt", antwortete ich ebenso vorwurfsvoll. „Es war wegen Frau Koopmann. Ich wollte euch nicht stören."

„Du bist ein Idiot!" blökte Michael so laut, dass sich ein paar Gäste nach uns umdrehten. „Ich mag doch gar keine Torte. Und stämmige Witwen mag ich noch viel weniger."

Er schlug mir eine Faust vor die Stirn, bereute seinen Schlag aber sofort und fragte: „Habe ich dir wehgetan?"

„Nein", antwortete ich, verzog aber doch das Gesicht.

„Warte", rief Michael, sprang auf und rannte zum Tresen.

Mit zwei Whiskygläsern und zwei Eiswürfeln kehrte er zurück.

„Hierfür ist der eine", erklärte er und warf das Eis in mein Glas, „und dafür der andere."

Und schwupp hatte mir Michael den Würfel auf die Stirn gedrückt. Er rieb das Eis so lange auf ihr herum, bis ich: „Nun ist aber genug", schnaubte.

Mit einer Serviette trocknete ich mir dann Gesicht und Stirn ab, derweil Michael die Speisekarte studierte. Nach dem süßen Zeug bei Frau Koopmann müsse etwas Handfestes in seinen Bauch, lachte er. Er las mir die ganze Karte vor. Und zwischen Hamburger Schnitzel mit Ei und kaltem Kasslerbraten sagte er schnell und ohne Aufzusehen: „Ich habe dich vermisst."

Ich dich auch, wollte ich erwidern, bekam den Satz aber nicht über die Lippen. Wie festgeklebt war er und so meinte ich mit einem Kopfnicken in Richtung Fenster: „Sieh` mal, in Wiek geht die Welt unter."

Eine halbe Stunde brauchte das Unwetter, um sich auszutoben. Nachdem es abgezogen war, zahlten wir und gingen hinunter zum Hafen. Unübersehbar waren die Werke, die ein zorniger Gott in Wiek hinterlassen hatte. In allen Straßen lagen abgebrochene Äste, Dachziegel und umgestürzte Bauzäune. Selbst der träge Bodden war in Aufruhr geraten und warf eine Welle nach der anderen gegen die Hafenmole.

Von dem bleichen Licht in Abenteuerstimmung versetzt, kletterten wir auf den Steinen unterhalb der Viadukt artigen Promenade herum und suchten nach den Resten einer Verladebrücke, die die Heidelberger Portlandwerke vor über 100 Jahren gebaut hatte. Seinerzeit wollten die Schwaben den grandiosen Felsen von Kap Arkona abtragen, um aus seiner Kreide Zuschlagstoffe für ganz gewöhnliche Zahnpastatuben, Brillengestelle, Fußbodenbeläge und Kunststoffschüsseln herzustellen.

Der elfte Tag

ÜBER HIDDENSEE beulte sich ein ebenmäßig grauer Himmel. Er hatte keine Schattierungen, keine Flecken und keine Fehlstellen. Quadratkilometer um Quadratkilometer reihte sich kaltes Grau an kaltes Grau. Auch das Meer war grau und das Land links und rechts. In diesem vollkommenen Nichts glitten wir dahin. Eingehüllt in Wohlsein und dicken Pullovern saßen wir auf dem Sonnendeck der „MS Gellen" und redeten und lachten viel. Auf keinem Kreuzfahrtschiff hätte unsere Hochstimmung größer sein können.

Das Boot, das uns nach Hiddensee übersetzte, war an diesem Montagmorgen nur spärlich besetzt. Die paar Dutzend Passagiere, Rheinländer aus Köln und Düsseldorf, drängten sich im Unterdeck um die Theke, tranken Grog und heißen Kakao und ließen uns in Ruhe. Ich hatte einen Woerl`schen Reiseführer von 1914 auf meinen Knien zu liegen und las Michael vor.

„In früher Zeit", las ich, „war Rügen von dichten Wäldern bedeckt. Besonders Eichen und Buchen gediehen auf dem mit Nährstoffen reich gesegneten Boden. Erste Rodungen erfuhr die Insel 1168, als dänische Truppen Rügen besetzten und für die Belagerung der Feste Arkona Holz benötigten. Noch viel ärger hausten fünfhundert Jahre später Wallensteins Truppen auf dem Eilande."

Die Not unter den Rüganern sei so groß gewesen, wollte ich fortfahren, dass sie Gras hätten essen müssen, doch da tauchte über den Bäumen des Bugs der Hiddenseer Leuchtturm auf. Erschrocken über so viel Schönheit, machte mein Herz einen Hüpfer und ich schwieg.

Gott schuf am dritten Tag Himmel und Erde, schrieb Moses in seinem ersten Buch. Moses kannte Hiddensee nicht. Am Südende der Bessiner Schaar schafft der Liebe Gott noch immer. Eine riesige Scholle Sand lässt er dort aus dem Wasser aufsteigen. Weiß und unschuldig ist die Scholle. Noch wachsen kaum ein Halm und kaum ein Strauch auf ihr. Bald aber schon wird die Evolution im Sauseschritt über sie hinweggejagt sein.

Doch wo Gott gibt, da nimmt er auch. Hiddensee ist ein Schiff, das schmal und gefährdet im Meer schwimmt. Am Gellen liegt es schon beängstigend tief im Wasser. Eine unerbittliche Sturmflut und „Dat söte Länneken" (Das süße Ländchen) war einmal. Moses wird dann eine Fortsetzung schreiben müssen. Und Gott sprach, wird er vermutlich seinen Bericht beginnen, es errege sich das Wasser und nehme alle Erde hinweg und alles Getier, ein jegliches nach seiner Art. Und das geschah. Und aus Abend und Morgen machte Gott auf Hiddensee den Jüngsten Tag.

Es war kurz nach zehn, als die Fähre in Vitte anlegte.

Kaum von Bord gegangen, forderte mich Michael auf: „Ruf in Berlin an!"

Wie stets, wollte ich: Später, antworten, doch da hatte er mir schon sein Smartphone in die Hand gedrückt.

„Ruf endlich an!" wiederholte er so lange, bis ich Richards Nummer gewählt hatte.

Ria, Richards Sekretärin, meldete sich. Wie in Binz fragte sie: „Was willst du?"

Erbost über ihre Kaltschnäuzigkeit, brüllte ich: „Ich will endlich mein Geld haben!"

„Das wollen wir alle", antwortete sie lapidar.

„Ist die Firma also pleite", sagte ich mehr zu mir, als zu der Frau.

Die blinden Fenster der Dransker NVA-Kasernen hatten mich nicht belogen.

„Am Nachmittag wissen wir genaueres", erwiderte sie. „Richard hat eine Versammlung angesetzt."

„Du weißt das Ergebnis doch jetzt schon", fauchte ich sie an.

„Weiß ich auch", fauchte sie zurück.

Dann knirschte es kurz in der Leitung und das Besetztzeichen stach mir ins Ohr. Ich war dem Himmel dankbar für seine Gräue. Sie war die einzig passende Farbe für diesen Montagmorgen. Ohne es zu wissen, lief ich in Richtung Meer, brüllte immer wieder: „Scheiße", und stampfte mit den Füßen auf.

Michael rannte hinter mir her, zischte: „Nicht so laut", und versuchte, mich einzuholen.

Doch dafür waren seine Beine zu kurz und der Kamerakoffer zu schwer. Ich erreichte als erster den Strand, zerrte mir die Kleider vom Leib und stürzte mich ins Wasser. 55 Grad Süd-Süd-West, 43 Grad Nord-Nord-Ost, meine buchhalterische Freundin brauchte dieses Mal lange, ehe sie mich beruhigen konnte. Nachdem ich weit hinausgeschwommen war, kehrte ich erschöpft und mit kurz gewordenem Atem zum Ufer zurück.

Michael saß in einem Strandkorb, er hatte Kugelschreiber und Notizbuch in der Hand und winkte mir zu.

„He, Sportler", rief er aufgekratzt „Du bist zu früh dran. Die Welt geht noch nicht unter."

Er streckte auffordernd die Hände nach mir aus, ich aber blieb stehen.

„Nun komm schon! Ich habe mir was ausgedacht."

Er zog mich in den Korb, legte mir einen Arm um die Schultern und sagte: „Wenn bei Richard nichts mehr läuft, dann vermarkten wir den Film eben selbst. Ich weiß ein bisschen Bescheid, wie man das anstellt."

„Weit bist du mit deinem Wissen aber nicht gekommen", grummelte ich in mich hinein.

„Das hat am richtigen Partner gelegen", antwortete er. „Bisher hatte ich keinen."

„Und jetzt glaubst du, hast du einen gefunden?"

Mit einem kurzen Reißen der Schultern, versuchte ich seinen Arm abzuschütteln, doch Michael zog mich nur noch fester an sich.

„Genau das habe ich", erwiderte er. Er betonte jede Silbe.

„Und die Ausrüstung?" widersprach ich. „Wo willst du die hernehmen? Die Kamera, die Lampen und Mikros? Vom Schneidetisch ganz zu schweigen."

War das der Sinn der Reise, ein Unternehmer zu werden? Musste ich deshalb einen Boxer kennenlernen, um mich zukünftig mit Kalkulationen und Kassenbüchern abzuplagen? Um von Stund' an dreihundertfünfundsechzig Tage im Jahr zu arbeiten, ohne Mindesturlaub und ohne dreizehntes Monatsgehalt? Das Entsetzen darüber trieb mich steil in die Höhe.

Michael blieb an meinen Schultern kleben und raunte: „Renn' nicht schon wieder weg, Sportler."

Er zog mich in den Strandkorb zurück und erläuterte mir seinen Plan. Ein Tauschgeschäft schwebe ihm vor. Anstelle meiner Gehälter und seines Honorars, die uns ohnehin nicht ausgezahlt würden, wollte er die gesamte Ausrüstung für einen Monat von Richard leihen, inklusive Schnittplatz.

Er ließ sich auf die Knie fallen und schrieb mit einem Finger zwei Zahlenreihen in den Sand. In der linken addierte er sein Honorar und meine Gehälter und in der rechten die Preise der Mietgeräte. Dann zog er einen Strich, klatschte in die Hände und sagte mit erwartungsvollen Augen: „Null. Unsere Bilanz ist ausgeglichen."

„Woher weißt du überhaupt, dass ich mitmache?" protestierte ich matt.

Ich ließ mich ebenfalls auf die Knie fallen, wischte in der linken Reihe meine Gehaltssummen fort und sagte: „Minus elftausend."

Michael sah mich lange an. Er sah mich so lange und so intensiv an, dass ich die Augen niederschlagen musste.

Eine Hummel war zwischen seinen Beinen gelandet. Dem Insekt war ein Flügel eingeknickt. Um es von seinen Qualen zu erlösen, wollte ich es töten, doch Michael kam mir zuvor. Er schnippte sich die Hummel auf eine Hand und setzte sie in den Strandkorb.

„Vielleicht erholt sie sich wieder", sagte er, ohne mich anzusehen. Und ohne mich anzusehen, fuhr er fort: „Ich habe nicht g-e-w-u-s-s-t, dass du mitmachst. Ich habe es mir nur vorgestellt. Es war ein schöner Gedanke. Nicht mehr."

Mit einem energischen Schlenker wischte er die Zahlen fort. Dann klappte er den Kamerakoffer auf und zog den Drehplan hervor.

„Zieh` dich an!" sagte er rau. „Noch haben wir hier was zu tun, Kumpel."

Als er mir die Kleider zuwarf, waren seine Augen wieder so staubig wie eh und je.

Rügen ist eine Insel, die man niemals richtig kennenlernt, die immer ein wenig fremd und geheimnisvoll bleibt. Selbst nach einem langen Urlaub fühlt man sich auf den siebzehn Inseln, die zum Landkreis gehören, noch immer ein bisschen wie Robinson Crusoe.

Ganz besonders stark sind diese Gefühle auf Hiddensee. Vitte, Kloster und Neuendorf sind nicht Binz und Sassnitz. Hier drehen sich keine Baukräne und nirgendwo wird auf großen Tafeln für den Wiederaufbau alter Hotels geworben. Der bonbonsüße Hauch von

Gestern und Vorgestern weht durch die Straßen der putzigen Dörfer. Es gibt keine Autos, wer die gute, langsame Zeit erleben will, muss nach Hiddensee kommen. Dort hat sie noch das Maß und das Tempo von Elizabeths Postkutschenära. Da die Insel nur ein paar Kilometer lang ist und da sich dieses Tempolimit auf höchstens zehn oder zwanzig Urlaubstage beschränkt, ist der Genuss an staubigen Sandwegen und holprigen Pferdekutschen auf das Vorzüglichste garantiert.

Unsere Pferde hießen Gudrun und Senta. Sie zogen einen gummibereiften Wagen, der gar nicht erst aussehen wollte wie eine Kutsche. Die Sitze waren aus rohen Brettern gezimmert, über die eine von ausgedrückten Zigarettenkippen und vom vielen Sitzen löchrig gewordene Wolldecke geworfen war. Ich maulte ein wenig deshalb, Michael aber war von der schwankenden und schaukelnden Ursprünglichkeit begeistert.

„Das ist original Elizabeths Geschwindigkeit", rief er immer wieder.

„Genau so hat sie die Welt gesehen."

Er nahm die Kamera nicht eine Minute von seiner Schulter. Nach vorn zum Kutscher solle ich mich setzen, forderte er mich bald auf, um den Mann zu interviewen. Doch der Kutscher war ein schwerfälliger Mensch und wortkarg war er obendrein. Alle meine Fragen beantwortete er mit einem ebenso steten wie unergründlichen „Tja, mien Jong."

Erst als ich auf die Pferde zu sprechen kam, wurde er lebhafter. Die Gudrun, erklärte er, die gefiele ihm heute gar nicht. In einer Tour müsse er sie antreiben. Er hob auch sofort die Peitsche und ließ sie über den Kopf der Stute hinwegzischen. Aber statt schneller, lief Gudrun nur noch langsamer. Sie blieb schließlich vollends stehen, hob den Schwanz und ließ fünf Pferdeäpfel in den Sand fallen. Angesichts ihrer Winzigkeit verfiel der Kutscher sofort in finstere Grübeleien. Bis Kloster sagte er kein einziges Wort mehr.

Was ich auch fragte, er schüttelte nur immer betrübt den Kopf. Nicht einmal ein: Tja, mien Jong, hatte er mehr für mich oder Michael übrig.

Erst vor dem Gerhard-Hauptmann-Museum öffnete er wieder den Mund. Wir müßten aussteigen, forderte er uns auf. Die Tour sei zu Ende. Hoch zum Dornbusch dürfe er nicht. Nicht für Geld und nicht für gute Worte. Er müsse an seine Gudrun denken. Die äpfele so sonderbar. Außerdem habe er keine Genehmigung, das Hiddenseer Hochland zu befahren. Auf die Berge dürften nur Fuhrwerke hinauf, die das Restaurant „Zum Klausner" versorgten. Die wiederum hätten keine Genehmigung, Passagiere zu transportieren. Zu Fuß sollten wir doch laufen oder uns Fahrräder mieten.

An denen mangelt es in Kloster auch nicht. Über jede zweite Haustür ist ein Schild genagelt: Fahrradverleih.

Mit einem Fahrrad ist eine Filmkamera aber nicht zu transportieren. Dazu ist sie zu schwer und zu empfindlich und so beschlossen wir, dass Michael allein mit der Nikon zum Dornbusch hinaufsteigen sollte. Wir würden ein wenig mogeln und die Fotos später als Standbilder in den Film einschneiden.

Für Gerhard Hauptmann war Hiddensee der geistigste Ort an der ganzen Ostseeküste gewesen. Auch nach einhundert Jahren fehlt es der Insel nicht an einer gewissen Elite, die heute aber mehr malert und töpfert als dichtet und philosophiert. Ganz besonders viel gemalert und getöpfert wird in Kloster, dem ansehnlichsten der drei Hiddensee-Dörfer. Immer wieder kann man unter den nachdenklichen Bäumen Frauen und Männer in Latzhosen oder karierten Holzfällerhemden sitzen sehen. Zwei von ihnen traf ich im „Wieseneck", dessen Stühle und Tische mitten auf dem Kirchweg stehen, der Hauptstraße von Kloster.

Die Straße gibt sich ungeniert archaisch. Nicht ein Stein weist auf eine bescheidene Pflasterung hin. Doch was anderswo alle Welt in Rage versetzen würde, wird auf Hiddensee als Attraktion beklatscht. Man lässt sich demonstrativ in knöcheltiefem Sand nieder und genießt jede Bö, die einem Kaffee und Kuchen mit feinem Kiesel überstäubt.

Trotz der frühen Stunde, es war gerade erst zwölf Uhr, waren die beiden Maler oder Töpfer schon betrunken. Sie sprachen laut und gestenreich über eine Ausstellung, die sie in Köln besucht hatten und die sie enttäuschend fanden.

„Geschäumte Scheiße war`s", sagte der eine immer wieder mit verächtlichem Zischen in der Stimme.

Der andere, ein Dicker mit gelbem Halstüchlein, war zurückhaltender. Er fand die Show nur provinziell. An der Modern Tate in London sollten sich die Kölner ein Beispiel nehmen.

„Das ist schlichte Weltkunst, was dort gezeigt wird."

Vor Begeisterung zwirbelte der Dicke die Enden seines Halstuches zu schmalen Hörnchen zusammen. Von London ist es nur ein Katzensprung bis nach New York. Rotwein beschleunigt diesen Transfer erheblich und so prosteten sich die beiden eifrig zu und waren schnell im Dickicht von Soho und Tribeca verschwunden. Canal-, Ecke Greenstreet.

„Die Galerie OX-MOX! Ich sage dir!

„Die zwischen den beiden Chinesen?"

„Genau! Die musst du einfach gesehen haben!"

Ich begann mich bald zu langweilen und hielt nach neuen Opfern Ausschau, mit denen ich mir die Zeit vertreiben konnte. Links von mir saßen fünf Däninnen mittleren Alters, die alle wie David Bowie-Kopien aussahen. Vielleicht war da ein Fanclub unterwegs, vielleicht hatten die fünf streng frisierten Blondinen in Esbjerg, Roskilde oder Kolding auch einfach nur die Zeit verschlafen.

Ich sperrte meine Ohren auf und versuchte herauszubekommen, worüber sie sich unterhielten. Aber weder Major Tom noch Ashes to Ashes kam ihnen über die Lippen. Die einzigen Worte, die ich verstand, waren Spaek, Log und Mel. Spaek heißt auf Dänisch Speck, Log heißt Zwiebel und Mel heißt Mehl. Die fünf David Bowie-Frauen tauschten im geistigsten Ort der Ostseeküste ordinäre Kochrezepte aus.

Meine Langeweile kehrte zurück. In Hörweite saßen lediglich noch ein Greis mit seinem alternden Sohn. Doch entweder schwiegen die beiden verbissen oder sie zankten sich verbissen. Kein Wort blieb ohne Widerwort, keine Zurechtweisung ohne erneute Zurechtweisung. Nach fünfzig oder sechzig Jahren mussten sie noch immer die gleichen Kämpfe austragen. Nur ihre Rollen hatten sie vertauscht. Papa war jetzt das kleckernde, sabbernde Kind, und das Kind war nun der barsche, ungeduldige Erwachsene. Eine Viertelstunde hörte ich ihnen zu, dann packte ich den Kamerakoffer und schleppte ihn den Hügelweg hinauf, um mir an seinem Ende einen stillen Platz zwischen Ginster- und Sanddornbüschen zu suchen. Ich wollte ein wenig schlafen. Doch anstatt müde, wurde ich nachdenklich.

„Kloster, Einstellung Lietzenburg: Den trutzigen Stolz und die Eitelkeit der Berliner Künstlerfamilie Kruse einfangen." Drehplan, die letzte Seite.

Die Reise war zu Ende. Vier Tage hatte ich uns gegeben, höchstens fünf. Elf waren daraus geworden. Elf würde ich uns gern noch einmal geben. Inzwischen wusste ich, was der große Schelm vor vierundfünfzig Jahren in meinen Lebensplan geschrieben hatte. Doch Rügen wollte mich nicht mehr.

Geh`, sagten die Libellen, die über meinem Kopf tanzten.

Geh`, sagte die rote Lietzenburg, die breit und behäbig am Fuße des Dornbuschs steht und in deren Räume die berühmte Käthe ein paar ihrer noch viel berühmteren Puppen ersonnen hat.

Geh`, sagte auch der inzwischen wieder heiß und blau gewordene Himmel. Um fünf legt dein Schiff ab.

Michael saß am Hafen auf einer Bank. Er hatte seine Hände über dem Bauch gefaltet und schlief. Der Mund stand ihm offen. Auf seinen Lippen sammelte sich erster Speichel.

„Hallo, Boxer", flüsterte ich ihm ins Ohr.

Michael schreckte auf, sah mich mit fremden, schlaftauben Augen an und murmelte, er müsse erst zu sich kommen. Er reckte sich, fuhr aber plötzlich herum und prustete: „Weißt du, wen ich oben am Leuchtturm getroffen habe?!"

„Nein!" rief ich sofort.

Einen Menschen lernt niemand ohne Grund kennen. Jede Begegnung hat ihre chaotische, undurchschaubare Notwendigkeit. Es war Nachmittag geworden, wir waren in Kloster auf Hiddensee, jeden Moment konnte diese Notwendigkeit mit dreieckigem Gesicht und spitzem Kinn die Straße daherkommen.

„Nein!" rief ich noch einmal.

Es ist nicht üblich, dass reife Männer ein neunzehn- oder zwanzigjähriges Mädchen aus Rottweil, Wilster oder Berlin kennenlernen. Oder war Anna gar kein Mädchen? War sie die juxige Idee des großen Schelms, uns einen Engel an den Wegrand zu stellen? Sollte uns sein Strahlen ein letztes Mal wärmen, bevor sich der kalte Dämmer des Alters über uns legte?

„Nein!" rief ich ein drittes Mal.

„Ich soll dich schön grüßen", grinste Michael.

Erst hielt er den Kopf gesenkt, dann strich er sich über sein rapsgelbes Haar, dann zwinkerte er mir zu.

„Sie fährt über Schaprode nach Wiek."

WIEK klatschte vor Vergnügen in die Hände. Ein polierter Sommerhimmel bescherte dem Städtchen einen hellen, festlichen Abend. Alle Türen und Fenster waren weit aufgesperrt. In den Straßen roch es nach Bratwurst und nach Erdbeerbowle, und jedes Haus rief laut: Hereinspaziert!

Auch Frau Koopmanns Tür stand offen. Wir rochen es schon vom Gartentor aus. Frau Koopmann hatte wieder gebacken. Kirschkuchen war es dieses Mal. Von der heißen Südseite hatte sie jetzt den Tisch mit samt der Tassen und Teller zur kühlen Nordseite getragen.

„Sie können sich ja dazusetzen", bot sie mir in dem grünen Dunkel des Nussbaums an. „Natürlich nur, wenn Sie wollen."

Ich wollte abermals nicht. In den Wichtigkeiten des Alltags war mir Michael noch immer fremd. Vielleicht war Kirschkuchen sein Lieblingskuchen und vielleicht hatte er seine Einstellung zu stämmigen Witwen geändert.

„Mir ist so warm", wich ich aus. „Ich gehe lieber noch einmal schwimmen."

Meine Einstellungen hatten sich nicht geändert. Weder zu Kirschkuchen, noch zu breitschultrigen Frauen. Ich wollte auch schon auf dem Absatz kehrt machen, da griff Michael nach meinem Arm.

„Hast du denn vergessen", rief er theatralisch, „dass wir unbedingt noch mal zum Hafen hinuntermüssen. Der Sonnenuntergang fehlt uns doch noch!"

Er gab Frau Koopmann schon wieder eine Vorstellung. Ohnsorg-Theater, Hamburg: Werner Riepel spielt Heidi Kabel eine Komödie vor. In dem Stück war auch mir eine Rolle zugedacht.

„Ach, ja natürlich", musste ich laut rufen und mir ebenso laut eine Hand vor die Stirn schlagen.

Wir rannten auch sofort zum Auto. Michael griff sich seine alte Hasselblad und ohne uns noch einmal umzusehen, hasteten wir zum Hafen weiter. Dort warfen wir uns auf eine Bank. Wir glichen abgehetzten Flüchtlingen, die einer großen Gefahr entkommen waren.

Nachdem wir uns wieder beruhigt hatten, baute Michael die Kamera auf und fotografierte ein paar Mal die Sonne. Sie war nicht einfach nur ein Klumpen glühender Materie. An diesem Abend, der aus dem schläfrigen Wiek eine jauchzende Stadt machte, stand sie wie eine Heilige über dem Bodden. Für ihre feurige Schönheit hatten wir aber keinen Blick. Überall sahen wir Richard und Birgit und Michaels Frau hocken, und alle riefen: Hach, kommt ihr erst mal nach Hause! Kommt ihr erstmal nach Berlin!

Hochgetrieben von ihren drohend ausgestreckten Zeigefingern, liefen wir bald weiter.

Zwei Greise, die in der Hafenstraße vor ihren Häusern auf Polsterstühlen saßen, vergrößerten unsere Unruhe noch. Obwohl Michael den Fotoapparat direkt vor ihren Nasen aufbaute, bewegten die beiden nicht einmal die Schuhspitzen. Wie demolierte Denkmale saßen sie auf ihren Stühlen. Oder wie die Abbilder unserer Zukunft. In dreißig Jahren würden andere mit einer Hasselblad kommen und unsere Unfertigkeit fotografieren. Wir waren fünfzig und wir fanden mit jedem Tag neues Ungenügen an uns. Schlampige Lehrlinge waren wir, die ihr Gesellenstück nicht zu Ende brachten und denen erst der Tod Kamera und Griffel aus der Hand nehmen würde.

Wieks Uhren tickten laut. Klick, klack, klick, klack. Es war längst acht. Uns blieb nicht mehr viel Zeit. Dabei hatte ich mit Michael nach so viel zu bereden. Wie es weitergehen würde, morgen in Berlin. Ob wir zum Beispiel Partner werden sollten, und ob sich Geschäft und Freundschaft überhaupt miteinander verbinden ließen. Selbst über Michael wollte ich mit Michael reden. Warum er keine Bücher las und warum er in keine Ausstellungen ging und in keine Konzerte. Über so große Dinge wollte ich reden, aber nicht ein wichtiges Wort brachte ich heraus. Stattdessen rutschten mir nur Banalitäten über die Lippen. Dass ich keine frischen Socken mehr hätte oder dass ich nicht wüsste, wie ich nach Bergen zum Bahnhof gelangen solle.

„Ich bringe dich natürlich", antwortete Michael sofort. „Du könntest natürlich auch gleich bis Berlin mitkommen."

„Aber ich fahre nun einmal gern Eisenbahn." Ich musste ihm noch immer widersprechen. „Und außerdem habe ich schon eine Fahrkarte."

Michael boxte nach mir.

„Nun gewöhne dich endlich an mich, Sportler!"

„Mach ich doch", antwortete ich und boxte zurück.

Dann nahm ich ihn bei den Schultern und drückte ihn so lange und so fest, bis ihm die Luft ausging.

Es gibt eine Bildung, die kann man nicht an Schulen oder Universitäten erwerben, selbst bei größtem Fleiß und größter Klugheit nicht. Es gibt auch keine Fernlehrgänge oder Privatkurse dafür. Diese Bildung ist ein Geschenk. Sie wächst einem zu, wie ein Baum aus einem großen, herrlichen Nichts entsteht. Sie wächst nur wenigen, nur auserwählten Menschen zu. Und Michael war so ein Mensch. Ich drückte ihn gleich ein zweites und ein drittes Mal.

„Bist du verrückt geworden", jappte er.

Über uns drehten Schwalben ihre Kreise und zwitscherten laut und neugierig auf uns herab. Machten sie sich über unsere Freundschaft lustig oder ermunterten sie uns? Zwitscherten sie, dass Freundschaft, wie alle Zuneigung nur eine törichte Illusion sei, oder sagten sie, dass niemand mit reinem, unbestechlichem

Verstand lieben könne und dass zur Liebe auch immer ein wenig Selbstbetrug gehöre.

„He!" rief ich zu den Vögeln hinauf.

Die Schwalben stutzen, drehten hastig ein paar Runden und flogen davon, ohne mir eine Antwort zu geben.

Ich hatte einen Arm noch auf Michael Schulter zu liegen. Er nahm ihn vorsichtig herunter und sagte: „Wollen wir weiter? Ich habe nämlich einen unverschämten Durst."

Wiek war noch immer in Festtagslaune. Welche Tür wir auch öffneten, die Gartenplätze der Wirtshäuser waren stets belegt. Da wir wenig Lust verspürten, uns in eines der dumpfen Gastzimmer zu setzen, wichen wir schließlich auf eine Parkbank am Kirchhof aus. Wir waren nicht die einzigen dort. Auf einer zweiten Bank saß ein weißhaariges Pärchen, das viel und vergnügt miteinander lachte und das uns auf Michaels Frage bereitwillig Auskunft gab, wo wir zu dieser späten Stunde noch Bier erstehen konnten. Michael machte sich auch sofort auf den Weg, während ich allein auf der Bank zurückblieb. Das Lachen der beiden Alten steckte mich an. Ich wäre gern mit ihnen fröhlich gewesen. Als ich mich aber nach ihnen umdrehte, kam Anna über den Kirchhof spaziert.

„Hallo, du da", rief sie.

Und ich rief: „Hallo, du da", zurück.

Anna hatte einen Rock an und eine schwarze Lederjacke, die sie reifer und weiblicher machten. Dazu hatte sie sich die Haare, die sie sonst nur nachlässig über die Schulter fallen ließ, im Nacken zu einem Knoten aufgesteckt. Sie gefiel mir.

„Bleibst du länger in Wiek?" fragte ich.

Ich sog ihren Geruch ein. Schweiß roch ich und Parfüm und altes, gewachstes Leder.

„Vielleicht", erwiderte sie.

Ich roch auch ihre Unsicherheit, als sie sich zu mir auf die Bank setzte. Auch das gefiel mir.

„Wo hast du die Sachen her?" fragte ich weiter. Ich zeigte auf den Rock und die Lederjacke.

„Vom Flohmarkt."

Ich war ihr zu nah gekommen, sie bog mir den Finger zur Seite.

„Au", sagte ich.

Und Anna sagte: „Glotz` nicht so."

Der Finger schmerzte. Ich wollte wütend werden, grinste aber. Ich wusste selbst nicht warum. Das Grinsen war wie eine Verwünschung über mich gekommen oder wie ein Zauber.

„Au", wiederholte ich.

Anna nahm sofort meinen Finger und streichelte ihn. Hundert Glasmurmeln rollten über meinen Körper. Sie rollten hin und rollten her. Wonne gaben sie mir und Lust und eine klitzekleine Glückseligkeit.

„Ist Michael eigentlich dein Freund?" fragte Anna mit nüchterner Stimme.

Sie ließ meinen Finger wieder los. Sie hatte das Geklirr der Murmeln gehört.

„Ich glaube schon."

Ich schloss die Augen, als müsste ich überlegen. Dabei wollte ich nur die Glasmurmeln zurückhaben.

„Was heißt, du glaubst es?" Anna schlug mir ungehalten eine Hand vor die Brust. „Weißt du es nicht?"

Ich sagte wiederum: „Au."

Anna schüttelte den Kopf und schlug abermals zu. Sie traf meine linke Brustwarze.

„Genau da müsstest du ein Fenster haben, in das man reinsehen kann", sagte sie ernst.

„Warum?" fragte ich.

Mein Herz lärmte wie ein Hammerwerk.

Ehe sie antwortete, bohrte sie sich wieder einen Finger in ihr spitzes Kinn. Dann sagte sie: „Alle Menschen müßten ein Fenster in der Brust haben."

Die Murmeln waren wieder da. Tausend waren es jetzt oder noch ein paar Dutzend mehr.

„Mit so einem Fenster wäre alles leichter", fuhr sie fort. „Da kann dir 'n Typ noch so viel erzählen. Du knöpfst einfach sein Hemd auf, siehst hinein und weißt Bescheid."

Hatte der große Schelm seinen Engeln also doch späte Liebe in meinen Lebensplan diktiert? Ich neigte mich langsam Anna zu.

Und in Wiek auf Rügen sollte ich diese Liebe finden? Ebenso langsam öffnete ich meinen Mund. Ich wollte Anna küssen.

„Willst du denn immer Bescheid wissen?" raunte ich. Auf meiner Zunge klebte eine süße Borke.

„Du etwa nicht?"

Auch Anna neigte sich mir zu.

„Ich finde es toll, dass ich euch kennengelernt habe."

Euch, bedeutete, dass sie es auch toll fand, Michael begegnet zu sein. Das war die Überraschung Nummer eins, die der große Schelm an diesem Abend in Wiek für mich bereithielt. Und Überraschung Nummer zwei war Annas Kuss.

Sie gab ihn mir auf die Wange. Und sie gab ihn mir mit einem glücklichen Seufzer.

Dazu sagte sie ehrfurchtsvoll: „Ihr beide habt so was Solides. Euch könnte ich alles anvertrauen, sogar mein Geld."

„Wenn ich welches hätte", fügte sie lachend hinzu.

„Sollen wir dich wieder einladen?" fragte ich.

Ich fuhr mir mit der Hand einige Male über den Mund. Anna sollte nicht sehen, wie er vor Enttäuschung zu einem Strich zusammengeschrumpft war.

Später küsste sie mich noch einmal. Da saßen wir mit Michael im „Al Campo", einer Dutzendpizzeria mit Plastikblumen, weißen Gipswänden und künstlich gealterten Holzbalken, als plötzlich eine Ameise über das Tischtuch gelaufen kam.

„Wisst ihr eigentlich, dass Ameisen in Afrika gebraten werden?" rief sie ausgelassen.

Zwar griff sie wie in Glowe nach einer Serviette, aber keine Katastrophe folgte.

„Sie werden nicht gebraten, sondern geröstet", wies Michael sie freundlich zurecht. „Und außerdem sind es in Afrika Termiten und keine Ameisen."

Erst senkte er den Kopf, dann zwinkerte er mir zu, dann streichelte er mir den Ellenbogen. Anna verstand die Geste sofort. Sie sprang auf, klatschte in die Hände und küsste erst Michael und dann mich.

Der zwölfte Tag

VOR DER WITTOWER FÄHRE stauten sich die Autos in Zweierreihen. Rechts vor uns stand ein blaues BMW-Cabriolet mit heruntergeklapptem Verdeck.

„Darf ich Musik machen?" hörte ich eine Frau fragen, die vollständig vom Rücken des Fahrers verdeckt wurde.

Der Fahrer, ein junger breitschultriger Mann, nickte. Die Frau knipste das Autoradio an, irgendwer sang ein langsames, schwermütiges Lied.

„Kennst du die?" fragte die Frau.

Der junge Mann hob verneinend die Schultern.

„Das ist Sarah Connor. Ich habe die gleichen Augen wie sie."

Sie beugte sich nach vorn und hielt dem Fahrer ihren Kopf vor das Gesicht. Dann drehte sie sich herum und zeigte ihr Gesicht noch einem zweiten Mann, der im Fond des Autos saß.

„Ich habe auch ihre Figur."

Sie kicherte.

„Ich bin auch so sexy wie sie."

Sie kicherte erneut.

„Sagen jedenfalls einige."

Mit einem Schlag war sie dann wieder ernst.

„Und was sagt ihr?"

„Ich weiß gar nicht, wer Sarah Connor ist", erwiderte der breitschultrige Fahrer.

Ich beugte mich nach hinten und stieß Anna an.

„Sieh` mal, wer da drüben sitzt", schmunzelte ich.

Anna reagierte nicht. Mit steifem Hals studierte sie eine Tafel, die die Geschichte der Wittower Fähre erzählte und die ihr mitteilte, dass noch um 1900 alle Pferde schwimmend und ans Fährboot gebunden die Meerenge überwinden mussten.

Auch Michael drehte sich nach ihr um.

„Da drüben sitzt Jessica", flüsterte er.

Ein Schrei unterbrach ihn. Jessica hatte uns entdeckt. Mit freudigem Winken sprang sie aus dem Cabriolet und kam auf uns zugerannt. Sie umarmte mich und Michael, Anna küsste sie dann so lange und so heftig, bis deren Hals wieder weich und beweglich wurde.

„Wo bist du die ganze Zeit gewesen?" fragte Anna vorwurfsvoll. „Ich habe dich vermisst."

„Ich dich auch", antwortete Jessica.

Sie küsste Anna ein zweites Mal. Dann quietschte sie laut auf und rief mit einem übermütigen Glucksen in der Stimme: „Ich hatte zu tun, Alte! Ich hab` uns zwei Kerle besorgt."

Lukas, der Fahrer, kam aus Lübeck und sein Freund Maximilian aus Itzehoe. Die beiden waren Studenten und besuchten Rügen zum ersten Mal. Es sei ganz arg toll hier, versicherten sie immer wieder. Viel natürlicher und authentischer als Rhodos und Malta, zwei andere Inseln, die sie bereist hatten.

Der Abschied von Anna und Jessica war lang und herzlich. Immer wieder umarmten wir uns und immer wieder schworen wir, einander niemals zu vergessen.

KURZ VOR TRENT trafen wir Alina und Nele zum ersten Mal. Die beiden Mädchen saßen auf einem alten Kilometerstein und winkten so verzweifelt, als drohten sie auf dem Stein festzuwachsen.

DAS WAR DIE GESCHICHTE der beiden Rügenlandfahrer. Und das ist meine Geschichte. Ich bin Berliner und habe nach dem Abitur Maschinenbau studiert. Doch Formeln und Druckkoeffizienten waren nicht meine Sache. Die großen und kleinen Geschichten von großen und kleinen Leuten waren es schon eher. Lokalredaktionen sind für solch` mitteilsamen Gemüter der richtige Platz. Ich fand meinen bei den „Brandenburgischen Neuesten Nachrichten" in Potsdam. Dort säße ich noch heute, wenn die Mauer zehn Jahre früher verschwunden wäre. Das aber tat sie nicht, und so verschwand ich, um ein paar Kilometer weiter westwärts Germanistik und Publizistik zu studieren. Das war dann durchaus meine Sache. Doch für einen Job beim RIAS Berlin ließ ich Wissenschaft Wissenschaft sein und setzte mich abermals an einen Redakteurstisch. Dort säße ich wohl ebenfalls noch heute, wenn der Sender die Wendewirren überlebt hätte. Er überlebte sie nicht. Da die großen und kleinen Leute aber noch immer mein Ding sind, schrieb ich als freier Autor ihre Geschichten weiter.

Zeitfracht Medien GmbH
Ferdinand-Jühlke-Straße 7
99095 Erfurt, Deutschland
produktsicherheit@kolibri360.de